微笑前行

樂齡阿嬤走出來

著
—— 王素真

博客思出版社

推薦序　鄭榮興 /17

自序　王素真 /21

輯一 數著日子好過活 /27

　1-1 樂齡之樂，樂從何來？ /28

　1-2 愛在人間四月天 /35

　1-3 母親節的心底呢喃 /40

　1-4 六月心情：帶著回憶，向前行 /44

　1-5 蘋果文旦，中秋憶往 /52

　1-6 回首病中過節點滴 /57

　1-7 我的音樂療傷路 /65

　1-8 我們的文字情緣 /75

　1-9 跨過九月七日這一關 /80

　1-10 小V與孅孅的20年之約 /84

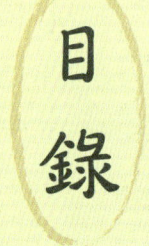

輯二 那些傳奇的人事 /89

　2-1 千里姻緣一線牽 /90

　2-2 子婿燈傳奇 /96

　2-3 生命之樹 /100

　2-4 想念我二姑 /105

　2-5 王校長與我二三事 /108

　2-6 大寶寫她阿嬤 /112

　2-7 看一部老電影，《鋼木蘭》/120

　2-8 旅途偶遇，生命機緣 /123

　2-9 說棄老，《楢山節考》/129

　2-10 你聰明，我傻瓜，重看《阿甘》有感 /134

輯三　往日情懷留心田 /139

3-1 大寶的最後一張獎狀 /140
3-2 母女陳年情書閒話人生 /148
3-3 愛荷華初雪何所似？ /161
3-4 俯仰無愧不爭名利 /165
3-5 生命中的真情感動 /168
3-6 老媽赴美，誰當家？ /172
3-7 父親給病中的大寶打氣加油 /176
3-8 那些年我們共度的除夕 /182
3-9 清明家書寄大寶女兒 /189
3-10 老爸在大寶生日的思念與遺憾 /193

輯四　阿嬤老師說什麼 /199

4-1 吾十有五，志於學 /200
4-2 等待等待，莫等待 /204
4-3 請問大名，說寬心 /209
4-4 自得其樂，發現美 /212
4-5 人間有味是清歡 /217
4-6 唱起純情青春夢 /221
4-7 耕田讀書，座右銘 /227
4-8 奔七生日小感懷 /234
4-9 紫雲衍派到底是哪一派？黃氏探源 /239
4-10 走出去！不見不散，青春不老 /246

家在瓏山林
2021.09

即將奔七的嬤嬤 2024.08

草山夜未眠 2022.04

金龍湖畔
數著日子好過活
2023.04

奕炳退伍解甲歸田 2013.07

親子真愛不渝
親情永在
Forever Love

老母親
參加我師大
畢業典禮
1977.06

台北-東京-華府，機場情緣，
多少回大寶機場接老媽？

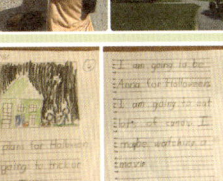
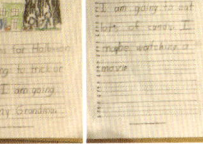

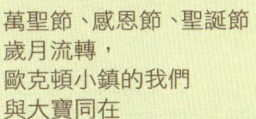

萬聖節、感恩節、聖誕節，
歲月流轉，
歐克頓小鎮的我們
與大寶同在

雅加達台北華盛頓連線,
親子之愛世代綿長,
愛永不止息

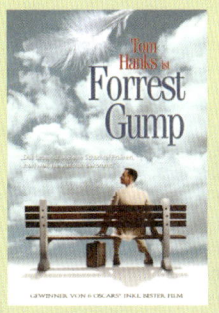

阿甘正傳

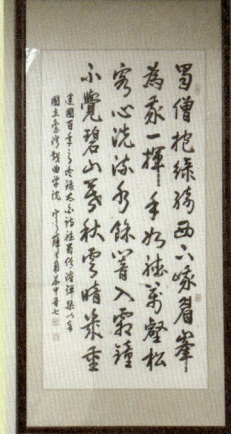
聽蜀僧濬彈琴詩書作

楢山節考

生活中處處皆有大美

滿載家人之愛
大寶負笈愛荷華
2006.07

大寶在美結婚
2010.07

T寶寶在達拉斯出生
2012.09

歡慶公公九九華誕
（81）在台北陸聯廳
2008.05.

爸媽永遠的大寶 2013.05

大寶的最後一張獎狀 2022.07

萬千不捨告別大寶 2021.12

馬達加斯加的生命之樹

難忘捷克他爾奇
小鎮 2018.03

每年家族盛事雅加達
祝壽行 2023.06

金門後浦頭

奕炳晉升少將返鄉的全家福 1999.01.

故宮 2024.08

陽明山花鐘 2024.07

花蓮雲山水 2023.12

走出去!青春不老。金門
2024.11.

樂齡人生,精采示範

王素真老師是我相識相交三十多年的老同事,一直是生活得豐富又多彩,處事認真負責,堪稱經營家庭與學校工作的好模範。欣見王老師新書《微笑前行,樂齡阿嬤走出來!》出版,有幸先睹為快,見到王老師在書中現身說法,分享其自身經歷與見聞懷想,字字珠璣,真摯動人,充滿情愛的正能量,確實是樂齡人生的精采示範!

常說人生如戲,戲如人生。我們每個人都在自己的人生大戲裡擔綱主角,雖然這齣人生大戲,並無劇本、不能預演或彩排,我們只能自編自導自演,忠於自己,盡己之能,讓自己的人生是一齣有情有義、俯仰無愧、豐富精采的大戲。

但是,人終將會變老,隨著年齡漸增,心理壓力、健康壓力、經濟壓力等等隨之到來;尤其退休之後,因社會角色轉換甚或喪失、生活失去重心而導致寂寞與孤獨油然而生,倘若再加上病痛纏身或至親離世,一夕之

間恐將天翻地覆,人生頓時崩塌瓦解!這時候,老人家必然會自問:我為何還活著?我要如何活下去?我該如何活出自己生命的樣貌?

王老師在四年前老母親大去,三年前又痛失愛女,樂齡之際接連遭逢喪親之慟,她堅強勇敢地以文字書寫來整理心緒、自我療癒,走出生命幽谷。王老師對前面問題的答案,就在《微笑前行,樂齡阿嬤走出來!》書裡,這讓我想起世界名著《戰爭與和平》、《安娜·卡列尼娜》等書作者,十九世紀俄國大文豪托爾斯泰(1828-1910),有個短篇小說《三個問題》,戲劇性十足,頗富哲理,我很喜歡,也有異曲同工之妙。

《三個問題》故事裡有位國王,他相信只要能回答三個問題,那麼在任何事情上,他都不會失敗。於是國王昭告天下,知道三個問題答案的人,必有重賞。那三個問題是:一、最重要的時間是什麼時候?二、最重要的人是誰(和誰來往最有利)?三、最重要的事情是什麼?

國王遍尋國內各個有智慧的人,眾說紛紜,都找不到答案;幾經周折,他最後發現:最重要的時刻就是當下;最重要的人就是你現在遇到的人;而最重要的事就

是去關心他,對他行善!這三個問題的答案,解答了人生最重要的課題,也就是我們活著的理由:把握當下,珍惜你身邊的人,關愛他幫助他。當我們能夠毫不考慮的和眼前的人一起「活著」,為對方帶來一點點美好時,就能和對方產生連結,為自己、為別人、也為這世界都帶來更多溫暖。因為「愛」,也就是利人,就是我們活著的理由。

王老師因為「愛」而活得豐富,總是神采奕奕,帶著微笑,在書中她也以「微笑前行」自勉。確實,「微笑」是很好的人生態度與生活選擇,尤其是遭遇困境與傷痛時。在華文圈頗受青睞的經典勵志書籍《格局改變你的結局》一書作者何權峰醫師,在近年(2022)的新作《心態的力量:微笑是一種態度,生活是一種選擇》,書中提到,微笑是轉換心情最快的方法。科學上已驗證,只要露出微笑,大腦就會分泌產生快樂賀爾蒙,從內心湧起一股暖意,讓你整個人放鬆,心情變得愉悅開朗。同時,微笑不只激發個人美好的感覺,也會感染他人,影響週遭的氣氛。

所以,微笑前行,王老師走了出來。生命縱有缺憾,但因愛而完滿。王老師近年的樂齡書寫,從《樂齡寫作趣,上課囉!》、《樂齡阿嬤來開講》到《微笑前行,

樂齡阿嬤走出來！》，都是充滿智慧的生命體悟分享，而且自成系列，堪稱「樂齡三書」，年輕朋友可藉以理解長輩，樂齡朋友更可參考效仿經營自己的暮榆人生，這書絕對值得翻閱並深思，咀嚼品味其中意涵。故特此為序以推薦。

國立臺灣戲曲學院　　前校長
榮興客家三腳採茶劇團　創辦人
客家八音文化資產保存　人間國寶　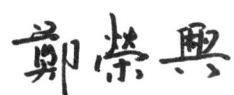

 自序

我走出來,感謝陽光,
感謝所有人,微笑向前行!

　　活到老,學到老。我這個即將「奔七」的樂齡阿嬤,三年前遭遇喪女的至悲大慟之後,首要面對並認真學習的生命課題,便是如何「走出來」?如何走出幽谷,感謝陽光、天地與花草樹木,感謝摯愛的家人、親朋好友所有人,如何抬頭挺胸,微笑前行,繼續邁向未來?

　　當困厄來襲,我在流淚傷悲過後,努力尋覓紓解鬱結、自我療癒,讓自己從黑洞裡「走出來」的途徑,我發現「書寫和運動」,就是兩帖絕佳良方!我近年來的生命書寫、樂齡寫作,緣起於2019年應戲曲學院推廣教育組之邀,在長青學苑開課,「樂齡寫作班」於5月4日文藝節開班,當期課程結束後,還集結師生作品出版了《樂齡寫作趣,上課囉!》一書,於2020年2月出版,3月新書發表。後來,因新冠肺炎疫情爆發,長青學苑樂齡寫作班課程停開,但我仍持續書寫,集結個人至2021年末的「我見我聞我思」文稿付梓,並於翌年(2022年)5月再出版《樂齡阿嬤來開講》。這一次則是,

微笑前行
樂齡阿嬤走出來

走過百年大疫，又接連失去老母親與大寶女兒，在椎心之痛，痛徹心扉後，我從拭去眼淚、清理衣物、整修屋宇、翻閱舊作與自我對話當中，逐步爬梳心緒、重整步伐，發現「文字書寫」是最佳的自我沉澱、療癒途徑。是以，我再接再厲，提筆撰寫《微笑前行，樂齡阿嬤走出來！》，來向親朋好友報平安，來與舊雨新知分享生命之愛，也推薦樂齡朋友們同樣可藉書寫與自己和解，自我撫傷，邁步向前。

　　藉著書寫療傷之外，我也以「運動」調養心性，走出陰霾，走向健康大道。學習太極拳多年，我體會最深、自覺最需加強的就是太極拳「靜」的功夫，也就是打拳最需琢磨的身心靈「沉著、鬆、靜」要領了。楊家太極宗師楊澄甫曾說：「太極拳是柔中寓剛，棉裡藏針的藝術。」又說：「姿勢要中正圓滿，沉著鬆靜；動作要輕靈圓轉，純以神行。」所以太極拳的身法中正，動作和順，剛柔內含，輕靈自然，流轉圓活，舒展整潔，沉穩嚴謹，完全是「沉著、鬆、靜」功夫的累積與體現。我在打拳時，慢慢領悟到必須先做到「靜」，屏除雜念、身心放空、意念純淨，才能靜心放鬆、落胯沉坐、舒展緩慢而連綿不斷，由鬆入柔，積柔成剛，純以神行地達到太極剛柔相濟、性命雙修的境界。太極拳幫助我沉靜，

練拳健身，兼療癒心靈。

每週固定去上課習拳，打拳運動之外，我也喜歡簡文仁《運動治痠痛》的「養生三步訣」：大步走，多蔬果，少發火。其中的「大步走」又分為三：快步走，走很快，可強化大小腿肌力。跨步走，跨大步，伸展胯下髖關節，靈活筋骨。散步走，全身放鬆，隨意走。我平日晨昏或假日，常在鄰近的碧湖公園、大湖公園與大溝溪、內溝溪健走，真的是「快步走、跨步走或散步走」，天天走到戶外呼吸新鮮空氣，在大自然中，仰觀宇宙之大，俯察品類之盛，「走出去」為自己走出好心情，也走出健康來。

但隨著年歲的增長，物換星移，人世滄桑，有一天我們會倏然發現，那些曾握過的手，唱過的歌，流過的淚，愛過的人，竟已銷聲匿跡、甚至永遠失去了蹤影，再也回不來了。只是「生有時，死有時；栽種有時，拔出所栽種的也有時。」傳道書3：1-11上如此說。凡事都有定期，天下萬事萬物都有定時。我們會接受大自然的花開花落，如同人的一生，會有生老病死；大地的一年，會有春夏秋冬一樣。日常生活的順逆興衰，日月交替的陰晴圓缺，和生命之中的悲歡離合，一樣都是「自然，常態」。我們必須接受這一切，這本是生命的規律，

也是人生必經之路。

　　我雖然明白「順服於天」的道理，但也對「人生有如一盒巧克力，你永遠不知道將嚐到哪種口味」，有著好奇與期待。對於未來人生，我以「積極作為」應對，熱切盼望、渴慕、惜緣。所以，我雙眼保持著眺望，雙耳仔細地聆聽，唯恐疏忽錯過；我更熱情又多情的去對待身邊所有的一切，包括日月星辰、風吹草動、花開葉落、萬物遞嬗的天地大美，還有我身旁摯愛的親人、師生、友朋、學伴、同事和芳鄰們。因為身旁的每一樣人事物都像一本本只能翻閱一次的書，應該仔細閱讀，好好珍惜這份「可遇不可求」的人世情緣。

　　於是，我像拾掇生命裡的一顆顆珍珠一般，將這三年來的樂齡生活點滴，連綴文字成為篇章，《微笑前行樂齡阿嬤走出來！》共有四輯：輯一、數著日子好過活，是我依時依令走過歲月的心情紀錄，悲欣交集，惜字惜情，憶往與前瞻兼而有之。輯二、那些傳奇的人事，是懷舊篇章，印象深刻的傳奇人物故事，頗具啟發性。輯三、往日情懷留心田，是爸爸媽媽懷念大寶女兒的專章，過去與現時爸媽寫給女兒的親子家書，真愛不渝，真情永存。輯四、阿嬤老師說什麼，則是樂齡阿嬤授課之餘，與年輕學子的案頭口傳心授話語，不敢說是傳世不朽的

「心靈雞湯」，卻是值得珍惜的為師經驗談。

　　這是一個「奔七」的阿嬤老師，在經歷人生巨大傷痛之後，透過書寫和運動，自我療癒「走」了出來的文字分享。我心懷感恩，感謝生活，感謝陽光，感謝身旁的親朋好友，感謝所有的一切！我將過去的美好留駐心頭，努力把握現在的時時刻刻，認真面對未來，微笑向前行。樂齡阿嬤在書中抒發心得，和大家分享交流，期待有緣的友朋與閱眾也都平安喜樂，「微笑前行」把幸福帶回家。

王素真

微笑前行
樂齡阿嬤走出來

數著日子好過活

　　日昇月沉,隨著時光流轉,懷抱盼望與感恩,依時依令過生活,原是最期待的靜好歲月,美麗人生。不料,百年大疫 COVID-19 爆發,自 2020 起疫情蔓延全球,我的老母親與大寶女兒先後在台美因病遽爾離世,大慟難抑,大悲無言,天地隨之黯然失色,日子難再美麗。我怎麼拭去淚水、走過傷悲?解方是:如常生活、數著日子好過活。

微笑前行
樂齡阿嬤走出來

樂齡之樂，樂從何來？

許多人將高齡銀髮長者稱為「樂齡」族，這是很有意思的別稱：將 60 或 65 歲以上，Without Age 譯為「樂齡」，是「樂以忘齡」，別具意義，我很喜歡，也樂於自稱是樂齡一族。只是，樂齡之樂，究竟樂從何來？如何樂以忘齡？

台灣現在已是高齡社會（依據 2023 年底的人口統計數據，65 歲以上人口佔總人口 18.35%，已超過高齡社會老年人口比率 14% 甚多，截至今年 2024 年 6 月更有七縣市老年人口超過 20%，已達超高齡社會標準），老人家的健康照護、身心安頓、老後生活、醫療與社福問題等等，近來都備受矚目。尤其當自己也領了敬老卡、成為銀髮族一員時，樂齡話題更是個人與家庭不容忽視的切身大事了。我們多麼希望，樂齡者人人老當益壯，優游自在，健康又快樂啊！正巧兩年前（2022）年初寒假大學入學的 111 學年學測「國語文寫作能力測驗」，就以「樂齡出遊」為題，考題這麼敘述：

2007 年臺灣的弘道老人福利基金會執行長林依瑩推出「不老騎士」計畫，帶 17 位平均 81 歲的爺爺奶奶，花費 13 天自行騎著摩托車環島 1,139 公里。這群「不老騎士」中，有 2 位曾罹患癌症、4 位需戴助聽器、5 位患有高血壓，即使其中有人三進三出醫院，但還是完成了險峻路途的挑戰。這些騎士們曾是警察、軍人、牧師、老師或理髮師等，在不同人生經驗的交流中，豐富了彼此的視野。

2012 年在丹麥首都哥本哈根則有「樂齡卡打車」（Cycling Without Age）運動。哥本哈根一位中年上班族奧利（Ole Kassow）有感於安養機構的老人家行動不便，於是利用下班時間，用三輪車載老人家外出兜風。老人開心地要求回到他們充滿回憶的地方，有些多年不說話的老人，開始滔滔不絕地說著自己與地方的故事；失智症患者變得不再暴躁；盲人對志工訴說他們聞到花香、聽到鳥鳴，感覺微風吹拂過耳際。志工駕駛員因此聽到許多生命故事，更進一步認識自己的城市，也彷彿和老人形成了某種奧秘的聯繫。

考題要求學生回答兩個問題：

一是：臺灣與丹麥的樂齡活動案例，都有堅定的推

微笑前行
樂齡阿嬤走出來

動者。請分析上文所述兩件案例，活動內容的關鍵差異是什麼？用意有何不同？

二是：如果要帶長者在臺灣進行樂齡之旅，一定有許多待注意事項。請以「樂齡出遊」為題，寫一篇短文，說明樂齡出遊的意義，並思考如何照顧到長者在生理與情感上的需求。

看到大考考題關注樂齡活動，令人欣慰，溫馨又勵志。台灣樂齡活動「不老騎士」，帶著 17 位平均年齡 81 歲的爺爺奶奶，完成 13 天自行騎著摩托車環島 1,139 公里的壯舉，這些各行各業的退休長者，不僅完成挑戰、還交流人生經驗，豐富了彼此的視野。而丹麥的樂齡活動「樂齡卡打車」，則是志工駕駛三輪車，載著安養機構行動不便的老人們出外兜風、透透氣，結果這些多年不說話的，竟開始滔滔不絕說起話來，失智者不再暴躁、眼盲的老人還會分享其聽聞，而志工也因聽到許多生命故事，更進一步認識自己的城市，人人都從外出活動中得到許多意外收穫。

「樂齡出遊」旨在期待老年人能夠活得更有意義、更有價值、更有尊嚴，而出門遊玩只是樂齡生活中的快樂之一，透過活動與天地萬物交接往來、與新舊朋友切

磋交流，藉著外出旅遊、與人交際，而調劑身心、拓展視野、回味人生，這是多麼快慰的一樁樂事。樂齡之樂，樂在身心健康、樂在走出戶外，仰觀宇宙之大，俯察品類之盛，能夠樂齡出遊，誠然可樂。

大家耳熟能詳的銀髮族四寶：老身、老窩、老本、老伴，就是樂齡之樂的根本，有個健康的身子、有個棲身之所、還有退休養老本及相互照應的老伴兒；有這四寶做根柢之後，才能談樂齡生活的規劃與安頓。我曾看過一則報導：衛福部國民健康署2019年的預防及延緩失能研究，發現結合運動、營養、認知訓練、社會參與及慢性病管理的整體策略，對65歲以上甚至75歲的社區長輩，可以有效提升其體能、降低衰弱狀態、改善認知功能、減少憂鬱症狀等，這項研究成果導入社區後，有助於民眾享有健康晚年，創造樂齡人生。

確實，人生在世，不過短短數十年，能活到百歲的人瑞畢竟有限。「夕陽無限好，正因近黃昏」，65歲退休後，奉獻社會與家庭數十年，責任已了，更該多愛自己一點，好好鍛鍊身體，能吃就吃、能喝就喝、能玩就玩，該愛就勇敢去愛，把握時光，活在當下，善自珍攝，為自己的樂齡生活創造更多幸福快樂。丹麥人的Hygge生活哲學就頗值得參考，那真是打開樂齡之樂的一把

微笑前行
樂齡阿嬤走出來

「金鑰匙」。

眾所周知，丹麥是世界上最快樂的國家之一，在世界快樂報告（World Happiness Report）中，丹麥多次蟬連最快樂國度第一名，這項調查反映各國國民的生活品質和人們的滿意度，但你知道嗎？其實丹麥人的快樂秘方，就藏在他們的日常生活裡！學者研究發現，丹麥人保持快樂的秘訣，和他們的「Hygge」文化很有關係。

若問丹麥人 Hygge 是什麼？他們會告訴你：那是一段很舒適的時光，會有燭光、咖啡和蛋糕等小點心，會放下電子裝置，拋開負面情緒和生活壓力，讓大家聚在一起的時光。Hygge 丹麥文讀音如「胡歌」hoo-gah，意思是舒適、簡單的美好生活，共享溫馨時光，代表著舒適與溫暖。丹麥人喜歡有個屬於自己的居家空間（簡單家俱、幾本書、有幀相片、陽光自然照射進來），喜歡親手料理、調酒、咖啡、點心，喜歡有音樂、燭光香氛療癒身心，喜歡與親友溫馨聚會，也喜歡走出戶外、或輕鬆隨興漫步、或與人互動交際。Hygge 這個宛如幸福魔法的字眼，就是丹麥式生活的象徵，燭光、咖啡、紅酒、糕點、羊毛毯、毛襪以及親密的親友，就是 Hygge 的重要元素，它奠基於：珍惜、安全感和令人愉快的小事。

想要提高幸福指數，樂從何來？丹麥人給的小建議是：一、常和你的鄰居打招呼。二、別受天氣影響，多到公園走走。三、參加社團，增加歸屬感。四、擔任志工，強化社會關係。我想，樂齡之樂的快樂泉源，應該就是「愛己愛人，走出戶外」吧？Hygge 生活哲學鼓勵我們，多參與當地社群，畢竟人生下半場，與自己生活的地區有較強的連結，不只能夠增強歸屬感與安全感，幸福感也會大幅提升。你發現了嗎？這 Hygge 生活哲學和「樂齡出遊」是不是不謀而合？當樂齡族身心健康、走出戶外，看天地有情、人間有愛、心安人安、且有伴同行，豈有不樂之理？

你的生活哲學由你來決定！獨處也好、群聚也好、出遊更好，可以在家裡布置個簡單舒適的角落，聽聽經典老歌、寫寫日記、點起你最愛的香氛氣味、泡個舒適又愉快的澡，在全然放鬆之下，壓力全都釋放了；又或者在小院子裡蒔蒔花、栽種植物，學做老圃，看著天地有情，綠色生命勃發生長，大自然瞬間把人給療癒了；又或找來三五知己好友、或與家人團聚，啟動 Hygge 生活模式，許是燭光、咖啡、紅酒、糕點、羊毛毯齊備，許是清風徐來、水波不興、有清風明月、山水友人相伴同遊。說白了，人生也就這麼幾十年，樂齡一族更要珍

惜自己和身邊人。大事不要糊塗，小事不必計較；凡事抱平常心，讓生活多一些甜蜜、美好，讓人生少一些猜忌、遺憾。在現代忙碌的時代裡或是遇到悲傷的事件時，Hygge 就是生活的解藥。

　　樂齡之樂，樂從何來？如何樂以忘齡？樂齡之樂，樂在健康，樂在愛己愛人，樂在有伴同行。丹麥人的 Hygge 生活哲學，無論獨處或群聚或出遊，都可以樂以忘齡。或許我們以後見面的問候語可以改為：你自己 Hygge（胡歌）了嗎？要一起 Hygge（胡歌）嗎？

愛在人間四月天

　　我愛人間四月天，期待生命的美麗綻放。我愛人間四月天，感受生命的生生不息。

　　四月初，早晨有雨，美麗的春石斛在春雨中開始綻放，銘皇大黑眼，靈動眨眼，小水珠閃閃發亮，哇沙米芥末的色澤青翠鮮嫩，真是美麗極了！數數滿枝花苞，滿開時盛況可期。等待是美麗的，這春石斛在我們家已有20多年，2000年搬來瓏山林，隔年四月下旬校慶，慶典結束後鄭校長把一株紫紅色春石斛讓我帶回家，照顧至今，年年綻放，後來我們又新添置這芥末色的新貴，依然在四月中年年帶來喜悅，增色不少！

　　除了春石斛四月初就趕早來報喜，小院落裡葉片濃綠飽滿的孤挺花也有三株亭亭玉立，昂首高挺，等待不日即將大鳴大放。至於小盆栽的梔子花，花苞已清楚可見，清香撲鼻可以預期；而蓮蕉花殷紅花朵早就開放許多時日，現在結實纍纍準備好拓展勢力，可繁衍後代了。春天果然是個充滿活力的季節，花木禽鳥們思春求偶繁

微笑前行
樂齡阿嬤走出來

殖，四月天正逢時啊。

　　站在小院落裡，抬起頭來，看看微雨的天空，沒有陽光，但美人樹和櫻花樹都新葉扶疏，濃蔭與翠綠佈滿天際，枝葉縫隙中又見些留白。啊，這白駒過隙，歲月悠悠而過，能夠如此平安自在，真好。這四月天，期待綻放美麗的情景和心情，讓我想到一首唐詩：「春鳩鳴野樹，細雨入池塘；潭上花微落，溪邊草更長。」心情平靜，天地無言，歲月流轉，放眼四下，這詩所寫的是不是很貼切？

　　但有花開，就有花落，花草與眾生皆然，見到四月花開燦爛，對凋零花落也要心裡有數，就期待著「來年春到花再開，艷色猶在最高枝」吧！平時的週末假日，是屬於親友相會的日子。要記得：且行且珍惜，真的，人生不過就是「好的風景在路上，好的朋友在心上」！

　　所以，四月天關懷親友也正是時候，就在四月底某週五我們先去探望老先生的堂弟，從金門來台北住院診治，機器進廠維修保養啦。大家相互提醒，好好保重自己啊。接著週末則到林口參加一個專科診所開幕活動，那是30年前，老先生在海巡指揮部時的醫官，創業開設的診所，後輩俊彥表現優異，令人欣慰，深感與有榮焉。

週日我心情略為低盪，因為太極拳班上一位老大哥同學不幸故去，下午告別式。這是我參加太極拳同學的第二場「人生畢業典禮」，幾年前（2019）清明時分，敏惠班長心臟主動脈剝離猝逝；而今（2023）才開春明智大哥竟因胰臟癌遽爾辭世，令人不勝痛惜。

四月天春寒料峭，乍暖還寒，看家中草木枝葉扶梳，頗有春天的氣息，但我心裡其實仍難免幾多惆悵，花開花落之間，總會有同在生命列車上的親朋故舊提早下車。歌仔戲國寶級演員陳美雲日前摔倒心肌梗塞去世，日昨剛辦告別儀式，記得她唱紅的戲齣《刺桐花開》，有幾句歌詞正可借來一用：「落紅雖然褪顏色，餘香裊裊化春泥，來年春到花再開，豔色猶在最高枝！」加油，我們每個人都要堅強地向前走，為我們所愛的人，多看看這世界，也為人間多留下更多美好的人事物。

值此四月春滿人間時，我也愛家中自栽的「一日花」：巴西鳶尾花，朝開暮謝，卻繁盛而勇敢。常見到小院落圍籬邊成排列隊的巴西鳶尾花盛開，離離蔚蔚，春意盎然，教人欣慰。我喜歡巴西鳶尾花的純白潔淨，花心藍紫亮麗，正像是對生命之愛靜思懷念與生生不息。

微笑前行
樂齡阿嬤走出來

　　清明是個慎終追遠的日子，老先生今年照舊搭機返金回鄉祭祖，又南北奔波去為兄姊掃墓，一個連假就在這輾轉旅次的行動中，年年延續著親情與追思，緬懷先人有根有源、思親念手足，我十分支持，卻沒跟上。我只有來回接送，和料理三餐，準備全家人大啖應景的「潤餅」。

　　還記得兩年前（2022）清明節前夕，思念大寶幾近崩潰的我，4月3日第一次到教會，哭泣詢問我的大寶去哪兒了？為什麼上帝要把她帶走？傳道撫慰我，為我安排一對一的研習基要真理，接著我也參加成人主日學，從讀經與主日崇拜中，我雖仍會時不時想起大寶的林林總總細小瑣事而暗自垂淚，也會在觸景生情時獨自放聲痛哭，但頻率是日漸減少，強度也漸次減輕。我很努力學習在沒有大寶的日子，一定要為大寶、為自己、為我所有摯愛的家人，更須加倍精彩，微笑前行！

　　然後一年後（2023）的此時節，4月2日我在教會清明追思主日聆聽牧師講道「清明的再思」，探究生命的意義，並辨正祭祖掃墓與孝道的真諦；教會同時也設置追思牆、舉行追思三禮，倒水禮、點燈禮、獻花禮，祈禱我心平靜，大寶安息。相信我在追思卡上所寫的話語，大寶都已收到了，因為那天下午我午寐時，就見到

大寶穿著淺色黃綠條紋上衣，在我身邊晃過，我問她：「大寶，你回來啦？你喜歡這件上衣啊？」但大寶沒說話，只點點頭，看看我就從客廳走過了。我倏然醒來，這次我心平靜，並沒有流淚，因為我知道大寶很好，她也知道我們深深關愛著彼此。然後我走到門口，抬頭看看天空，藍天白雲和樹蔭，再看看小花圃，巴西鳶尾花白色花苞成群列隊正等待綻放，等待著、等待著，果然，清明節一早就看到這巴西鳶尾花正大聲地宣告：「愛永不止息！」我愛人間四月天。

母親節的心底呢喃

今天 5 月 14 日，五月的第二個星期天，母親節，美麗的康乃馨送給親愛的媽媽！因為愛，世界變得更美好！來，給天下的媽媽們熱烈鼓掌，致敬！

於我而言，母親節實在是艱難的時刻，既感恩又懷念，既歡喜又傷痛。因為自從 2020 年 9 月老母親以 90 高齡大去之後，我就再無阿母可喊、再無娘家可回了，思親心切，心痛不已。翌年（2021 年）母親節時，大寶女兒特別從美國寄來母親節鮮花以慰親心，老媽我也稍解哀傷；不意 9 月初忽聞大寶罹患惡疾，我震驚又難過地趕赴美國馳援，遺憾天不從人願，2021 年 12 月中我們終究還是失去了摯愛的大寶！2022 年的母親節，我強顏歡笑，親友家人也都不忍揭開我那心口的創傷，大家如常過日子，只和小多、小皮一起吃飯，相聚，節日也就過去了。失去至愛，痛徹心扉，我也曾無語問蒼天，奈何天意難測，上帝給我們如此的試煉，唯有拭淚微笑以對，仰望藍天白雲，天地依舊寬闊，四時流轉，花香鳥鳴都還在，我告訴自己：不能消沈，必須勇敢堅強向

前行！

　　想一想，雖然老母已然遠去，但我仍是很幸運的，對上，還有現年高齡96、87的耄耋公公婆婆，呵護疼愛著我；對下，我更有和大寶一樣摯愛的直系血親小皮、小多與TV寶貝和小光；當然也還有無數的至親骨肉、手足、親朋、好友等等，我愛大家，大家也都愛我！我是多麼幸運的被愛包圍著，我自然也要散發愛，回報眾人，共創幸福的未來。相信我的老母親與大寶女兒在天上，一定也同樣關心、守護著我們大大小小，希望我們因為愛，相互關照、彼此扶持，能夠生活得更平安，更快樂，世界變得更美好。

　　就是因為愛，所以世界更美好。我行事曆上每年五月的大事，就是過母親節，傳愛給親愛的媽媽，還有為親愛的公公祝壽慶生；今年（2023）因為農曆閏二月，公公生日稍晚，我們準備月底再赴印尼探親，禮物正一一備辦中，母親節的花束則已在今天早上準時送抵雅加達了。近期裡，我努力調整心緒，面向陽光，在心情閒適之餘，母親節還連續過了一二三場，讓我被一重又一重的愛密密環繞，真是受寵若驚啊。

　　上星期天，母親節第一趴。謝謝文忠、金杉、全良

微笑前行
樂齡阿嬤走出來

和繼正等四個「類兒子」的安排，在「水料理」有個愉快的歡樂母親節聚會，還特別精心複刻兩年前的母親節團聚，原班人馬原地點，不僅是今年（2023）有增員，而且看到大家的事業家庭都有進展，令人欣慰又寬懷，真是感謝啊，點滴在心頭！尤其是正美貼心的京都絲巾，我喜歡，正美，真美！

這星期四，母親節前，慶祝母親節第二趴！我們這老人家群組，都是早已晉級婆婆媽媽、爺爺公公的退休一族，感謝有這麼一群老朋友可以時相聚會，彼此問候，相互慰藉打氣，身心愉快，常保健康。這次聚會正巧在母親節前夕，咱們就來為自己慶祝慶祝，慰勞一下家中領導吧！我和老先生是在 2013 年 7 月 1 日他退伍時，獲邀加入這群組的；10 年來，在群組裡相互提攜，彼此關懷，有群組、有伙伴，一路相伴同行，真好！今天的聚會，輪到沈院長沈公和咱家作東，伙伴們情緒特別嗨，兼慶母親節，很興奮，特此留下開心紀錄。

週末，母親節前夕，碧山巖家聚，慶祝母親節歡聚第三趴！感謝老先生事先細心規劃，邀約了親家楊爸楊媽和親勝兄弟的黃伯伯黃媽媽，加上小皮女兒，還有小多、小光和禮嘉，自家人一起為三個婆嬤一個媽，慶祝母親節。大家先喝咖啡，下午茶，再圍坐吃晚餐，好酒

好菜,加上康乃馨與真情動人,真是感心呢。碧山巖上的山境咖啡,老闆培林喊先生指揮官,樓下芳馨食堂小老闆誌鴻是陸軍專校畢業的,喊先生校長,來此吃飯、喝咖啡,我們已是熟客,親友團聚,盤桓半日,溫馨又自在,加上綠樹青山、涼風習習,濃濃的咖啡香和81年的金門高粱與陳年威士忌,天時地利人和,尤其是人對了,心情舒坦,這絕對是最美好的組合了!吃完飯,走下階梯,夜色如水,清風徐來,似乎還聞得到酒香,母親節快樂,大家快樂,平平安安,下回再聚!

　　西方俗諺說:上帝因為無法照顧天下所有子民,所以創造了母親。確實,瓜有藤,樹有根,最深最深慈母恩。白天陽光照,夜裡是明燈。天下媽媽都是一樣的,謹向天下所有的母親致敬。今日母親節我就靜下心來,和禮嘉、小光一起上信友堂教會,做母親節主日崇拜,沈澱思緒,獲益良多。中午的母親節大餐,則是小多兒下廚,大展手藝,四菜一湯的牛排大餐,真是感人呢。思及昨晚的碧山巖上家聚餐敘,親情溫暖,心情平靜,兼賞夜景,五月風習習吹來,山下台北燈火輝煌,狀似富麗安康,衷心期盼家國平順,國泰民安!祈願我所愛的家人至親好友,人人平平安安,健康進步!

寫於 2023.05.14

微笑前行
樂齡阿嬤走出來

六月心情：帶著回憶，向前行

六月一日，又是新月份開始，也是國際兒童日。六月啟新月，我要帶著回憶，微笑向前行！

從網路查詢得知：六月（June）的由來，係源自羅馬天神朱比特（Jupiter）的皇后朱諾（Juno）而得名。Juno 是朱比特的妻子，漂亮又善妒，是個標準的醋罈子，容不得丈夫愛上其他女人，偏偏朱比特風流成性，愛上很多女人，當然這些女人最後都遭殃。Juno 是婚姻的保護神，專門保護結婚的婦女，她是已婚婦女求助的對象。因此古羅馬人認為六月是結婚最好的月份，女孩子也都喜歡做六月新娘。

六月一日同時也是國際兒童節（International Children's Day）。國際兒童節源於 1942 年 6 月，德國納粹槍殺了捷克利迪策村 16 歲以上的男性公民 140 多人和全部嬰兒，並把婦女和 90 名兒童押往集中營。1949 年 11 月，國際民主婦女聯合會基於照顧全世界兒童的權益，在莫斯科舉行理事會議，各國代表在會議中揭露

了帝國主義分子和各國反動派殘害兒童的罪行，同時悼念利迪策村和全世界所有在法西斯侵略戰爭中死難的兒童。於是，為了要保障各國兒童的生存權、保健權和受教育權，並致力改善兒童的生活，會議中決定將六月一日定為國際兒童節（International Children's Day）。1950年4月，國際民主婦女聯合會又通過決議，號召下屬婦女組織要保護兒童生命，讓他們免於戰爭的威脅，並要求削減軍事預算及增加兒童健康與教育費用，以落實國際兒童節的存在。目前世界大多數國家在今天慶祝兒童節，有別於台灣四月四日過兒童節。

其實近期世局紛亂，日子可真難過啊！新冠病毒COVID-19百年大疫已進入第三年，變種病毒仍肆虐全球，尚未有停歇跡象；再加上大國博弈，風雲詭譎，戰火延燒已百日、難民紛紛逃難家園、舉世皆難平靖；身處海隅的你我平凡小民，只有默默數算著日子：四月要過清明，五月過著母親節，接著就準備端午將屆，想著依時依令的生活，求個現世安穩、歲月靜好。無奈世事難料，台灣四五月疫情再起，身旁的至親友人芳鄰學生同事，多人都染疫確診了，家中有老有小，忐忑不安與徬徨憂急之心油然而生，想平靜，難啊。此時，唯有一再自我期勉，深呼吸，平心靜氣，緩步留神！想一想，

微笑前行
樂齡阿嬤走出來

這個五月份,梅雨滴滴答答幾無寧日,滂沱大雨轟炸多日之後,現在新月開啟,天也終於放晴,我不禁讚美:

感謝上帝在每一次大雨傾盆後,讓我看見彩虹微笑的臉。天空如果不被大雨洗過,又何來藍得發亮?我們的生命如果不曾被眼淚滋潤,又何來那些閃耀動人的瞬間?雨很快就要停了,讓我們在陽光下用微笑的臉感謝上帝。

大家都曉得,要想著日日是好日,無論晴雨都是好日子,天天都是新的一天,美麗的心情需要自己創造。然而,自四月到五月,從清明節到母親節,原本我一直把自己囚禁在思念親人、懷念摯愛的哀戚裡,尤其念到老母親與大寶女兒的相繼離世,更是哀慟逾恆,無法言說,幸好我可以藉著閱讀和寫作,紓解胸中塊壘,在爬梳記憶時,可以淚水中含著微笑,望向前路,帶著感恩與祝福,與愛同行!

因為記憶是美好的,往昔是幸福的;而時光是一條長河,悠悠漫漫,淌流在一本本由厚變薄的日曆裡,我小心翼翼地將它收藏起來。時光長河的最前段,是清冽的水源;泉水湧出時,有著見底的清澈、幽遠的寧靜,那是午夜夢迴時,我最刻骨銘心的記憶。懷抱著美好記

憶，我更有氣力努力向前行，為自己、為老母親與大寶女兒、更為摯愛的老老小小家人與至友們，我一定活出生活的百般滋味和燦爛生命。

睜開眼睛瞧瞧，在車水馬龍的城市裡，有多久沒有停下腳步環顧身邊的一花一草？有多久沒有靜下心來閱讀一篇又一篇的文章？若放慢步伐，或許在下一個轉角，就會和「好詩、好散文，以及精采的小說與戲劇」不期而遇。我日前就和學生分享一首初安民的新詩〈日常的遺言〉，十分感人：

〈日常的遺言〉──紀念母親韓相順女士（1929-2013）／初安民

土地權狀放在

書桌右下方的第二個抽屜裡

性子不要急

慢慢在紙堆找就能找到

不要嫌麻煩

定存，放在衣櫃的被子夾層裡

性子不要急

微笑前行
樂齡阿嬤走出來

慢慢一層一層伸手去找就會找著

不要嫌麻煩

少許的現款

放在冬天衣服的內口袋裡

性子不要急

慢慢一件一件找就能找到

不要嫌麻煩

當年逃難遠行時都是這樣處置的

還有

這輩子的照片都放在桌旁的旅行箱裡

你們各自的照片都在裡面

以後,你們要學會各自料理記憶

媽媽再也無法提點或叮嚀你們了

這一生

或許都是單行道

縱然想回頭看看往事前塵

時間總是不夠

每天要忙著餵鳥、澆花、掃地

然後再服高血壓的藥

你們上班的時候

我會偷偷飲泣

想念我的爸爸、媽媽以及

你們的爸爸

愈老,他們的印記

就愈清晰

我最想念童年時的第一次遠足

因為可以穿新衣裳

這一次

我要走一趟很遠的遠足

所有要穿的衣鞋

我都備妥

要麻煩你們了

我讀這首詩，來來回回低吟數十遍，對失去母親和女兒的我而言，在心有戚戚焉之餘，更多的是撫慰與療癒。作者以母親對孩子話家常的方式，交代遺言，在日常叮嚀中，深刻呈現母子深情，營造出不濫情、不流淚，卻充滿溫暖的情境。

　　詩中第一節，母親反覆叮嚀孩子「性子不要急／慢慢找／不要嫌麻煩」，無論是「土地權狀」、「定存」、「現款」都在日常存放的位置，也提醒孩子要學會「料理記憶」，因為日後母親將缺席了，這些瑣碎的叮嚀全部是母親對孩子全然的牽掛，和她對孩子的理解與情緒安撫。

　　其後第二節，是母親對生命的感慨。對母親而言，日子就在餵鳥、澆花、掃地和服高血壓藥的日常中，不斷前進，而隨著年歲增長，那些生命路上已逝的印記卻愈加清晰，更添晚年的寂寞與惆悵感。

　　全詩的轉折在第三節，在細訴生活的樣貌，以及對於逝去之人的想念之後，用「印記」與「遠足」做連結，把「死亡」喻為「遠足」，用「一趟很遠的遠足」來淡化即將離別的悲傷，安慰孩子「死亡」並不可怕，莫要傷心。整首詩就在母親叨叨絮絮的叮嚀，和「書桌

抽屜」、「衣櫃的被子」、「冬天衣服口袋」、「照片」和「餵鳥」、「澆花」、「掃地」等平凡意象裡，建構出「日常」生活的溫度，相信母親的牽掛和盼望，就是孩子的生活仍舊能一如往常！

　　初安民〈日常的遺言〉藉由一些「日常」的文字，將失去母親的悲傷轉化為面對未來的希望與勇氣，是其對母親最深的思念，也給了讀者我莫大的啟發與撫慰，帶著美好回憶，微笑向前行，愛就是如常生活！

蘋果文旦，中秋憶往

平凡日子，柴米油鹽，風來雨去，歲月悠悠過，數著日子，平安就是福；但遇上節慶與特殊日子，就需要有「儀式感」，藉著儀式與物件會讓人深深感動，因為其中蘊含了愛與祝福。例如我們家中秋節的蘋果與文旦，就是個極佳特例。

中秋對我們家來說，是有特殊意義的，因為民國67年（1978）的中秋節前一天我們結婚啦！這麼多年來的結婚紀念日，先生還在軍職時，大多數是我和孩子自己在家過節，先生在部隊陪阿兵哥和部屬，偶逢中秋連續假日，時勢也「承平」，我會攜家帶眷到部隊去「眷探」兼過節，也算是一種團圓吧，月圓人團圓。

印象深刻的是結婚10周年（1988），我們跑到苗栗292師部過中秋，一路車行顛簸，轉車轉得頭暈腦脹的兩個小女生（9歲和6歲），看到部隊嫦娥奔月的彩色大海報，精神立刻振奮起來，再看到10周年祝賀蛋糕，連我都熱淚盈眶，意外與感動，讓我心情澎湃好久！至

今對超雄老弟的細心體貼，仍印象深刻、牢記難忘，當軍眷、當大嫂，能被如此尊寵，好生受用啊。

還有一回（1996），爸比在鳳山官校當指揮官，我們母子四人中秋去陸軍官校湊熱鬧，看學生與阿兵哥們在操場邊水泥地上烤肉、賞月、辦晚會，長條桌上擺滿了豬肉片、雞腿、香腸、玉米、甜不辣、青椒、丸子、章魚、蛤蜊、蝦子……等等，燒烤食材裝滿大盤子、鋁製大菜盆，烤得香氣四溢，一組一組飄來肉香與歌聲、笑聲，好歡樂，相信這必是參與者軍旅生涯特別美麗的回憶之一，我們家眷也都銘記在心。

後來孩子漸漸長大，大寶出國去了，很難湊齊全家一起賞月，尤其大寶剛到美國那幾年，我總想著白居易的詩句「共看明月應垂淚，一夜鄉心五處同」，傷感著中秋歡聚少一人！記得那年（2010）大寶剛嫁人，他倆一在愛荷華，一在達拉斯，雖沒時差，卻也要飛兩小時，只能視訊共看美國的明月了；在台的爸比跑嘉義、跑高雄，跟著部隊忙救災，只有我和皮皮小多在家烤肉、吃柚子、看影片、偶而探頭望月興嘆，這才真是「一夜鄉心五處同」啊。

那年（2010）的中秋前一天，爸比還在忙救災，晚

微笑前行
樂齡阿嬤走出來

　　上從高雄打電話回家「安報」，掛電話前他打了暗語：「今天是吃蘋果的日子，委屈啦！」哈，這老故事要細說從頭了：結婚第二天，沒月餅也沒柚子，很冷清的中秋，新娘子我直想回娘家，先生出去逛了半天，店家都關門過節了，他買回兩顆蘋果削給我吃，看月亮、吃蘋果。當下聽到今天是吃蘋果的日子，我笑著回他：「不委屈，現在柚子月餅可多著呢，就少賞月的人啦。」皮蛋還消遣老爸，知道爸比帶柚子月餅去慰勞部隊，又出餿主意建議最好改成一人發一顆蘋果才有趣，還可以說蘋果的故事跟大家分享呢。

　　說起文旦與月餅，我記得小時候過節，父親、叔叔、姑姑等都會帶回應景食品，有上班、有收入的人就是不一樣，帶回禮品好神氣，令小輩們既羨慕又敬佩。現在過中秋，皮蛋女兒還帶回一盒順成蛋糕的蛋黃酥禮盒，是公司老總送員工的秋節禮物，弟弟愛吃，我也稱讚皮蛋難得，長大了，過節會帶東西回家，有貢獻喔。結婚數十年，從只有兩顆蘋果，一輪明月伴清淚，到如今滿屋子文旦、月餅，雖然孩子分散各地，無法共賞明月，但至少天涯一心，總還溫馨，而且孩子也懂得感恩，還學會付出，想一想中秋今昔，滿懷感恩啊。

　　逢年過節就是要有儀式感，要熱鬧一番。就如過年

要圍爐、要守歲、要拜年、要有年糕和年柑；中秋賞月少不了文旦柚與月餅；端午當然要包粽子、划龍舟；我就喜愛凡此種種年節的熱鬧，這些節慶的「儀式」，讓生活更豐富、生命更踏實，一切都變得更有意義了。

現在每到中秋，我們家裡總堆滿了柚子、月餅等應景年節食品，我和先生給親友送禮，親友也會回贈，禮尚往來，藉著年節給長輩親友送份小禮問候請安，藉著賀節多個機會聯繫，知道彼此安好，令人多麼快慰，所以我喜歡過節！即使過節使人忙碌，我還是喜歡過節的儀式，從小在大家庭長大的我，就喜歡年節跟著大人廚房裡炸雞捲、端碗盤，門埕口大清掃、貼春聯，院子裡剝柚子、擺矮凳、講故事……；長大成家了，我也希望透過各個年節、生日、紀念日的「儀式」，讓家人凝聚，讓孩子感受那份生活的踏實與美好。

節慶與特殊日子的「儀式」，是會讓人深深感動的，因為其中蘊含了愛與祝福。我很敬佩我公公婆婆，身居海外，過年過節的習俗儀式、糕餅粿粽，一樣也不少，家裡氣氛好溫馨，我們每回在雅加達家裡過節，都感受特別強烈，禮失求諸野，一點也不假。尤其是每年公公生日，不論在台北或雅加達，我們都辦家族聚會，為公公準備生日禮物，大家一起吃蛋糕、分壽桃、賀壽誕，

微笑前行
樂齡阿嬤走出來

已經成了家裡的年度大事。這些年阿公年事漸高，很幸運的身體還算健朗，阿公會陪著阿嬤四處旅遊，因阿嬤腿腳不好，偶而還要扶一下阿嬤；阿嬤會籌劃聯繫阿公的生日會，然後還在生日宴上兩老穿一式花色的印尼Batik情侶裝亮相，這些不經意的小舉動，鶼鰈情深，真是感人。

有一年中秋前夕，一大早我竟發現爸比早在五點起床運動時，就已經傳來簡訊：「小真：結婚紀念日快樂，謝謝你對我們這個家的付出和奉獻！我對你的愛和忠誠，永不改變！奕炳」……還真是感人又難得啊！標準的阿兵哥宣誓，忠誠永不改變，只是有誓詞、沒禮物，我就自己買吧。記得那一天，我送了他一株蘭花，投桃報李，聊表祝賀。

就像煮湯要「放鹽」，才有滋味；愛要「付出關懷」，才能久久長長，走得長遠。付出關懷是愛的行動，負責任的表現；愛要維持，就要起火之後還要再添柴，才能持續保溫。

寫於 2010/09/17 台北

回首病中過節點滴

病中過節的儀式感

今年深秋（2021 年 10 月）我和先生飛越萬里，來到華府照顧罹病的大寶女兒，雖心情沉重又牽掛，卻須堅強地武裝起自己，聯手對戰惡疾，因為我們深知戰役的勝利，戰略、戰術、兵力與軍備都不可少，而精神戰力更是打仗的致勝關鍵。所以，我們認真蒐集戰情，擬定方略，配合醫師團隊的診治與安排，日子在走，上班上學、治病調養的，要讓大家都能「如常」過日子，就是當下的生活準則了。而正巧我們抵美時，從 Halloween、Thanksgiving 到 Christmas，10、11、12 月，每月一個大節日，恰是老美最為重視的一年三大節日，我們豈能靜默忽略？怎能不隨俗參與呢？既然不容錯過，陣仗自然就要做足，病中過節儀式感還是需要的。

儀式感裡蘊含著愛與隸屬

春去秋來，在台北的我，總是一年開春盼元宵，過

微笑前行
樂齡阿嬤走出來

了端午等中秋，冬至一過就準備過新年。隨著時間遞移，歲月流轉，我向來喜歡有節有令，依著時序過日子，可以讓生活過得有重心、有滋有味又有盼望。到了華府，入境隨俗，我依然如此，希望能夠「如常」過日子，過著有節有令的正常生活。其實，追求安居樂業、歲月靜好，不也正是一般升斗小民對人生、對家庭、對社會的最大想望與衷心期待嗎？我相信，節令的儀式感，蘊含有愛與隸屬感，確實可以讓我們全都振奮起來，精神多了。

剛到華府（10月22日），正是楓紅時節，秋詩篇篇，滿眼只見色彩繽紛，紅葉黃葉斑斕多姿，美不勝收。我和老先生早晨繞著幾個鄰近社區、運動中心健走運動，還邊賞景賞屋、兼考察民情；近午或午後，陽光和煦，則陪大寶女兒出來走路、散步、曬太陽。我們看到家戶門口與庭院的萬聖節裝置，蝙蝠、蜘蛛網與南瓜燈等等，一如昔日傳統，儀式感依然存在，但似乎沒有往年的「榮景」，不似過去熱鬧，大約受疫情影響與經濟受創，都有點關係吧？

Halloween 孩子玩 Trick or Treat？

這時間，10月底到11月初，我們陪大寶做第三、第

四次化療加免疫治療，療程順利，治療後也無過大不良反應，體重雖有上下，精神體力與飲食睡眠尚可接受，主治大夫都還稱讚說 Good。每一次治療需三天療程，兩週一個循環，中間還要到院檢測、回診及肢體按摩；我們在家也自行煎中藥、喝養生液，中西醫合併治療。大寶除了治療調養，還督導小孩兒課業、聯繫小朋友生活與學習事務；當然，她也不忘安排老爸老媽的休閒運動與衣食照應，讓大家假日去 Burke Lake 與 Great Fall 秋遊散心，又上網給二老與小孩兒添購冬衣棉褲與靴子，還帶著老媽開車去 UPS 給台北的小光郵寄新書與新衣包裹。至於 10 月 31 日的 Halloween，萬聖節咱們該怎麼過呢？

大寶讓我們事先去 Wegmans 超市買好各色糖果，放在橘紅色的南瓜小提桶裡，準備分贈給當晚來訪的小朋友；然後 TV 的萬聖節服飾道具都早已備妥，屆時可以穿戴，小 V 尤其鍾愛她的 Queen Anna 裝扮；二小在學校也有萬聖節相關課程的活動與作業，我就看到小 V 帶回家的作品，萬聖節的計畫，其中還出現阿嬤的腳色，讓我足感心呢。Halloween 當天晚上，確實是阿嬤陪著 Queen Anna，穿著她的紫色公主裝、帶著皇冠、拿著鑽鑽權杖，挨家挨戶去要糖：Trick or Treat？小 V 當晚就

帶回滿滿一小籃子的戰果,過足了癮。

Thanksgiving 的火雞大餐

到 11 月中旬,第四次化療與免疫治療完成後,醫師安排大寶做掃描檢測,要針對骨轉移的治療先安插放射治療,在感恩節前做四次、感恩節後到 12 月初再做六次,一共兩個療程十次放療,然後再回來做第五六次的化療與免疫治療。看醫療團隊的放療醫師這樣積極,我們豈能不認真對抗惡疾?略懷忐忑的,我們用心準備大寶的餐飲與湯藥,還要符合營養需求並變化菜色,同時,老媽也謹慎掂掇著帶她運動練功,拍打拉筋、呼吸按摩。不只我們家人在美齊心奮鬥,大寶遠在印尼的阿公阿嬤也每週數通電話、視訊關心,台北的弟弟妹妹更是天天早晚空中會面問好,外加後勤補給國際包裹,其他親友也不時從臉書、網路、電話等送來的關懷與加油打氣,十分暖心。

最是感人的是,大寶在此間的諸多友人與同事們,每週定期來探望、還送來自製的補給食物,品類繁多,豆漿、雞湯、包子、春捲、水餃、烤雞等等,盛情可感。尤其是琳琳的先生 Mr.Craig Green,精於廚藝,連中式烤鴨都可上菜,牛骨湯、排骨湯、土雞湯、牛肉湯、蔬

菜湯……每週都有美食分享、不一而足,甚至過節還提早供應、一週不只送兩回呢。這麼好的後援部隊,著實感人。

　　感恩節是個家族團圓,感恩慶祝的歡聚時刻,南瓜與玉米的裝飾最是常見,也是這季節的特產,節令特色,幾乎每戶人家門口都可見到。TV 在校都有節令相關活動與作業,姊姊做火雞設計裝飾,她的火雞是穿著大禮服的紳士,還條列出不吃火雞的八大理由,很有同理心、也有環保意識;妹妹則是彩繪火雞並寫上她所感恩的事,家人、食物、飲水、床與星星。咱家客廳也擺著一排、五個大小不一的南瓜,橘色、白色、黃色與粉紅色,都是 TV 的彩繪傑作,畫著有笑意的眉眼鼻口,而非 jack-o'-lantern 大頭南瓜燈的雕刻。

　　我說起感恩節的由來,是當年英國來的移民,在秋收後有感於印地安人的幫助才有此感恩聚會慶祝,象徵著友誼互助與感恩,很有意義。T 寶寶趕緊告訴阿嬤:現在不說印地安人 Indian 了,要改稱 Native American 美國原住民,以避免種族歧視或標籤化。因為 Indians 美國原住民在歷史上曾受到不平等和殘酷的待遇:在十九世紀,隨著歐洲移民大量湧入,許多原住民被強迫遷移到偏遠的貧瘠之地,不少人被屠殺和殘酷的逼遷。可是在

第一次世界大戰期間，卻有很多原住民加入美國軍隊，在戰場上英勇殺敵，社會輿論才對原住民的態度略有改善；到了 1924 年，建國將近 150 年後，美國政府終於宣佈原住民享有公民權利。哇！謝謝 T 寶寶，讓阿嬤又長知識了，確實，族群歧視與種族融合，是個重要而敏感的課題，也難怪網路上會看到有些討論，感恩節也是個屠殺與歧視、恥辱的日子，我們應當記取教訓，包容與尊重是絕對必要的。

　　節日將屆，大寶指揮著我們準備豐盛的感恩節大餐，預先訂購一隻感恩節火雞、當天取貨回家自己烤；當然除了火雞主菜佐特色蘸醬之外，還有許多純美式的佳餚：奶油烤玉米布丁、馬鈴薯泥沙拉、炒青綠色長豆、涼拌各色蔬菜等等，以及一大鍋法式牛腱牛筋牛尾湯。謝天謝地，感謝神，感謝諸多親友家人的支持與呵護，我們一家人能圍坐吃大餐，大快朵頤，確實美好又感恩啊。

過了 Thanksgiving，Christmas 就近了

　　一過星期四的 Thanksgiving，連續假期黑色星期五，大家隨即忙著瘋狂大採購，準備要過聖誕節 Christmas 了。11 月底的星期天，連白宮第一夫人 Jill Biden 都開始做 Christmas 布置與裝飾；大寶也不落人後，催促著

港元要趕快，星期天午後就帶著我們一起去選購聖誕樹。到了賣聖誕樹的園藝場，我們像劉姥姥進大觀園一樣，大開眼界，滿園子各色松樹，樹樹挺拔、偉岸又青翠、各具英姿，實難抉擇；最後我們投票選了一株松樹 Douglas Fer，有 6-7 英呎高，綑在車頂載回家。到家後立即開始裝飾聖誕樹，大手小手上下齊動手，樹枝掛上小飾物、樹頂配上星星、樹下擺上禮物，地板上還鋪著聖誕紅葉圖案的圓形墊布，非常完美。聖誕禮物是人人有獎，因為大寶早已陸陸續續給全家人買了手機、小家電、鞋子、衣服、文具、書籍、美勞手工藝等，我是蘋果手錶 Apple Watch、老爸也有一雙 Clarks 克拉克新皮鞋，皆大歡喜。當天晚上聖誕樹亮燈時，一片歡呼，Christmas 的氛圍完全體現。

可是，大寶第二階段的放射治療反應卻逐漸累積顯現，12 月初之後痠疼加劇、嘔吐頻仍、食慾不佳、體重漸減與倦怠無力，在在使她備極艱辛，痛在兒身、疼在娘心，讓我們萬分心疼不捨，憂急得真想求求老天爺讓我替她受苦，就換老媽來承受這痛楚吧。孩子，加油！現在我們完成了四次化療與免疫治療，也挺過十次放射治療，昨天 12 月 7 日還又加一次骨盆大腿的單次放射治療，我們很勇敢堅持到底，一一完成這一階段的試煉，

值得為自己鼓掌！眼前還有檢測要做，以及後續的第五六次化療與免疫治療，我們一定要樂觀奮鬥，奮勇前進！你看，家裡的聖誕樹佈置得多麼美麗壯盛，松柏長青，生命力旺盛，一樹燦爛，樹頂那高掛的星星綻放光芒，它就是神的旨意，就是希望的表徵！

　　大寶，平安夜，聖善夜，萬暗中，光華射。平安夜，聖善夜，神子愛，光皎潔。我們懷抱著著信、望、愛，讚頌謳歌生命的美好，期待 Christmas 的祝禱一一顯現。牧羊人，在曠野，忽然看見天上的光華，聽見天使唱哈利路亞。抬頭看看，那道光，直通天聽，我們還有許許多多、數不完的愛要分享，還有無限的、長長人生路要攜手同行，神聽見了，我們期待 Christmas Eve 一起報佳音。

  Silent night, holy night,

  All is calm and all is bright,

  Round yon virgin, mother and child,

  Holy infant, so tender and mild,

  Sleep in heavenly peace, ooh.

  Sleep, sleep in heaven, heavenly peace.

寫於 2021/12/09

我的音樂療傷路

今年（2023年）的母親節，我在網路上聽到幾首好聽又感人的歌曲，其中一首由翟煜衡作詞、作曲兼演唱的〈天堂一定很美〉，最是扣人心弦，我初次聽聞就連聽三遍，禁不住熱淚盈眶，這曲子絕對是本年度母親節裡最紅曲目，也是我的音樂療傷曲之一，特與好友分享。〈天堂一定很美〉作詞、作曲：翟煜衡，演唱：翟煜衡，歌詞如下：

〈天堂一定很美〉

我想天堂一定很美　媽媽才會一去不回

一路的風景都是否有人陪

如果天堂真的很美　我也希望媽媽不要再回

怕你看到歷經滄桑的我　會掉眼淚

媽媽是天上的星星　眨著眼睛

在我迷失的黑夜　指引我前行

彼時有你陪伴　我身邊

微笑前行
樂齡阿嬤走出來

此時你我已是 天上人間

我想天堂一定很美　媽媽才會一去不回

一路的風景都是否有人陪

如果天堂真的很美　我也希望媽媽不要再回

怕你看到歷經滄桑的我　會掉眼淚

媽媽永遠是我心裡最美的花

叫我浪跡天涯也要記得回家

曾經的我只想遠走高飛

如今回家已　物是人非

我想天堂一定很美　媽媽才會一去不回

一路的風景都是否有人陪

如果天堂真的很美　我也希望媽媽不要再回

怕你看到歷經滄桑的我　會掉眼淚

我想天堂一定很美　媽媽才會一去不回

一路的風景都是否有人陪

如果天堂真的很美　我也希望媽媽不要再回

怕你看到歷經滄桑的我　會掉眼淚

怕你看到歷經滄桑的我　會掉眼淚

在聽著這首〈天堂一定很美〉時，我腦中浮現的是母親和大寶女兒的一顰一笑，想著我們兩代母女過往的生活細事、點點滴滴：媽媽幫我照顧大寶女兒裸抱提攜、媽媽為我和孩子做新衣衫、媽媽和我參加孩子從小學到大學的畢業典禮、媽媽和我一起到機場送大寶出國去念書、媽媽過世了大寶為阿嬤寫祭文，不意隔年大寶竟然遽爾英年早逝……。傷心啊，真是傷心，我哀痛逾恆。阿母和大寶，你們在天堂可好？一路上可有人陪伴？我知道，貼心的大寶一定會照顧阿嬤，會帶阿嬤去吃好吃的、看好玩的，對吧？

百年大疫期間，我在2020、2021接連痛失老母與愛女大寶，大悲無言，不免淚流不止、暗自哀泣，椎心之痛，果真痛徹心扉！但我也明白人生如春夏秋冬，四季流轉，生命各有其時，大自然的一切，上帝自有美意與安排，我唯有順服與相信，打起精神，轉念，微笑以對，大步向前，回復常軌，如常生活，如此才能讓存歿兩安，這必定也是逝者最大的期盼與安慰啊！這一段療傷的時間裡，我常聽〈淚光閃閃〉，這首森山良子作詞、夏川里美演唱的沖繩民謠，也是我的療傷音樂之一。

微笑前行
樂齡阿嬤走出來

〈淚光閃閃〉

翻著古老的相片簿

對著總是　在心中鼓勵著我的人

囁囁著謝謝兩個字

晴空颯爽也好　大雨滂沱也罷

那時時刻刻浮現的笑容

即使回憶已遠離褪色

我依然追尋絲絲影跡

當追憶甦醒時總讓我 淚光閃閃

對著第一顆升起的星星祈禱

已經變成我的習慣

在黃昏時仰望的天空裡

滿心尋找你的蹤跡

悲傷落淚也好　歡喜雀躍也罷

你的笑容總會浮上心頭

我相信從你所在的地方　看得到我

也相信我們總有重逢的一天而活著

晴空颯爽也好　　大雨滂沱也罷

那時時刻刻浮現的笑容

即使回憶已經遠離褪色

如此孤單　　如此眷戀

對你的思念讓我　淚光閃閃

想見你一面　　想見你一面

對你的思念讓我　　淚光閃閃

〈淚光閃閃〉是1998年森山良子為懷念她22歲英年早逝的哥哥而作詞，BEGIN作曲的歌曲，曲風具有濃郁的沖繩風格。森山良子和BEGIN都唱過，後來2001年由沖繩歌姬夏川里美唱紅，並曾榮獲日本唱片大賞，夏川里美的歌聲頗具個人特色，可穿透人心，滌去煩憂，令人感動得百聽不厭。好歌總是會受眾人喜愛翻唱，〈淚光閃閃〉在夏川里美日文版普遍傳唱後，也有蔡淳佳翻唱的國語歌曲〈陪我看日出〉，和黃品源翻唱成閩南語歌曲〈白鷺鷥〉，各有不同的韻味及意境。

「淚光閃閃」（Nada Soso）是沖繩方言，意思是「眼淚一顆顆地掉落」。這首歌帶著濃濃思念，但在眼淚一顆顆掉落後，又能重新面對未來，曲調既優美又悲傷。

我體會此曲用意是鼓勵人們,想哭的時候,就盡情地哭,千萬不要壓抑,因為哭完以後,就可以重新面對明天,被淚水沖洗過的純淨心靈,也會浮現希望。確實,「今天雖然結束了,但是明天也要繼續努力!」我告訴自己,一定要好好把握每一天,要珍惜當下,每一個和家人摯愛相聚的時刻。

與〈淚光閃閃〉有異曲同工之妙的另一首歌曲〈千風之歌〉,也深得我心。〈千風之歌〉最早原是 1995 年英國國家廣播公司在電台節目中誦讀的一首詩,「Do not stand at my grave and weep」全詩旨意是逝者安慰活著的人,說我並沒有死,而是化為千萬的風吹著。2001 年,新井滿將這首詩翻譯為日文並自行配樂,以英文原作第三行「I am a thousand winds that blow」為曲名,〈千風之歌〉新井滿作詞、作曲,秋川雅史演唱,2006 年起大受關注,是許多人鍾愛的療傷曲目,中文版黃志豪演唱。

別在我墳前哭泣

我不在那,我未沉睡

化為千縷之風

在那寬廣的天空吹拂著

秋天化為灑在田間的光

冬天化為鑽石般的柔雪

早晨化為喚醒你的鳥兒

夜晚化為守護你的星辰

別在我墳前哭泣

我不在那，我還活著

化為千縷之風

在那寬廣的天空吹拂著

　　〈千風之歌〉歌曲的起源眾說紛紜，一說是一對印地安夫妻，妻子去世後，丈夫想要自殺在整理抽屜時，發現妻子寫的這段文字他看了後就不再自殺。二說這是 1932 年美國馬里蘭州巴爾的摩市，有個婦人 Mary Elizabeth Frye（1905-2004），為了同居友人 Margaret Schwarzkopf 的母親過世而寫的作品。由於此段文字並無標題，因此一般人就以第一句「Do not stand at my grave and weep」來命名。

　　後來在 1995 年時，一名英國青年在愛爾蘭共和軍襲擊下犧牲，他臨死前曾給父母留下一封信，信中就是這一首詩，此事經過傳媒的報導，得到廣大迴響。而 2001

年美國 911 恐怖攻擊事件後，在一個追悼儀式中，有個 11 歲的少女在會中朗讀此詩，以表達她對在 911 事件中喪生的父親的追思，這首詩再次成為話題。2001 年同時在日本的新井滿也將這首詩翻譯為日文並自行配樂，成為〈千風之歌〉安撫許多因喪親而哀傷的人心。

我們都了解人死不能復生，但是精神永存，愛一直都在。莊子「鼓盆而歌」就是一種面對生死的達觀態度，順天安命，生死如一。《莊子》至樂篇說：

莊子妻死，惠子弔之，莊子則方箕踞鼓盆而歌。

惠子曰：「與人居，長子老身，死不哭亦足矣，又鼓盆而歌，不亦甚乎！」

莊子曰：「不然。是其始死也，我獨何能無概然！察其始而本無生，非徒無生也而本無形，非徒無形而本無氣。雜乎芒芴之間，變而有氣，氣變而有形，形變而有生，今又變而之死，是相春秋冬夏四時行也。人且偃然寢於巨室，而我噭噭隨而哭之，自以為不通乎命，故止也。」

將原文用白話翻譯，就是：莊子的妻子死了，惠子前去弔唁，莊子卻像方簸箕一樣岔開腳坐著，敲打瓦盆唱歌。

惠子說:「你的妻子和你住了一輩子,為你生養兒女,現在老了、死了,你沒有悲傷、哭泣也就算了,竟然還敲著瓦盆唱歌,這不是太過分了嗎?」

莊子說:「不是這樣的,我的妻子剛死的時候,我何嘗不悲傷呢?只是後來想一想,人最初本來是沒有生命的,不但沒有生命、連形體都沒有;不但沒有形體,甚至連氣息都沒有。但是在似有若無的變化當中,忽然有了氣息,氣息變化而有形體,形體再變化才有了生命。現在我妻子又變化成死亡,這就像四季運行一樣的自然,她已安息在自然的這個大環境中,如果我還為此悲傷痛哭,不是太不通達命理了嗎?所以我才不哭的啊!」

如果把人生放在無限的時間、空間之中去檢視,時間的長河浩浩渺渺與宇宙蒼穹煙雲渺遠,就知道人的一生是多麼短暫又渺小的存在,而且這個存在也並非實有,因為一剎那間天地萬物有多少的生生滅滅,不斷的在變化,一切萬事萬物都以不同的形式、暫時的存在罷了!它不斷的死、不斷的生,生了又死、死了又生,所以何嘗有生?又何嘗有死?

莊子對生死如此豁達,是因為他看到了真實的一面:

微笑前行
樂齡阿嬤走出來

有生必定有死，生死是同時的，生死不過是自然的變化！因為莊子看破，所以他能放下，而無所罣礙！而我聽著自選的療傷音樂，從〈天堂一定很美〉到〈淚光閃閃〉到〈千風之歌〉，雖然淚水仍會流，但也真切理解到：

　　我只是芸芸眾生裡的平凡小民，一個退而不休的老師與資深軍眷，也是三個孩子的母親和三個小寶貝的阿嬤，還有許許多多親愛的師友親朋與尊長幼輩圍繞相伴，一如周遭你我他的大家，我愛許多人，我也擁有許多的愛。我看著日升日落，深知平凡的日子最是幸福，我們來到這世上的理由，不都是為了與深愛的父母、手足、友朋、摯愛家人相遇？人生啊，人生，〈天堂一定很美〉我們來到這世上的理由，不都是為了守護摯愛嗎？希望大家珍惜現世情緣，相互惕勵頌禱、彼此祝福未來，把握當下，現世安穩，歲月靜好。

我們的文字情緣

　　先生軍職退伍後潛心著作，疫情期間完成《鳳山黃埔舊事》與《看海的日子：寫我海巡弟兄們》二書，六月一日的新書發表會，感謝諸多長官親朋好友與師生故舊都來捧場，聽到許多溫馨話語，溫暖我心。當天在我致歡迎詞之後，湯司令幽默的自稱是「中將湯」，還說他不該多說話，免得又被我們做文章。他也細數當年海巡成軍艱苦，感謝海巡弟兄們的支持。

　　接著邱部長講話，更是親切溫暖，談笑風生，訴說半世紀多前的官校生活點滴。尤其那寢室外，走道兩側兩面黑旗「迎頭趕上」，突然間氣氛變了，畫面鮮活，在舉手投足與話語間，完全體現同學情誼真摯且深厚，令人敬愛。而彭上將則是「萬綠叢中一點藍」的空軍上將，他以中央軍事院校校友總會理事長高度，看待黃埔建軍百年與新書出版的意義與連結，激發了大家的愛國心。

　　最後，金門大學曾教授從海巡政戰士兵角度，見證

微笑前行
樂齡阿嬤走出來

30年前服役期間點滴。四位序文推薦者的講話都十分吸引人，不落俗套，溫馨感人，而且出人意表的精采。有人就說，若以此方式去募兵與軍校招生，效果必定包君滿意！以下是我在奕炳新書發表會當天的歡迎詞，特與大家分享：

感恩，人生路上一路有你，伴我同行。親愛的湯司令、邱部長、彭理事長、衍璞副部長、諸位軍中現役、退役的長官、弟兄、同袍、同事、老朋友和寶眷；我們內湖的芳鄰、兄弟姊妹；還有我學校的老長官、老同事；以及博客思出版社的編輯同仁和我的至親好友們：大家好！

我是奕炳太太，王素真，首先代表作者來歡迎大家，謝謝您，今天一起來參與奕炳的新書分享會。各位的蒞臨，是來送暖，是來歡聚的，見到諸位，我萬分感動。說起奕炳出書，我和奕炳初相識，是民國64年7月1日在關渡光武工專，我們各自代表學校參加救國團的社團負責人研習會，我是師大兒童教育研究社社長，他是陸軍官校正言社副社長，應該是能辯論、會說話的。但是到67年9月16日我倆結婚前，他一共給我寫了461封情書，文情並茂，從信函和小卡裡證明他是可以寫點東西的，而且文筆還不錯。

事實上，文章，乃經國之大業，不朽之盛事，寫作，絕對是值得追求的人生標的。但奕炳身在軍旅，報效國家逾 40 年，這期間自然是無暇從事寫作，以「寄身於翰墨，見意於篇籍」了。2013 年 7 月他退伍後，轉身投入家鄉戰地史蹟保存，與地方文史研究工作，以一指神功敲著電腦鍵盤，認真寫作，文稿累積了百萬餘字，也陸續出版了幾本書，其中 20 餘萬字的村史《汶浦風華：地靈人傑後浦頭》，堪比博士論文，還獲得國史館獎勵呢。今天這兩本書，《鳳山黃埔舊事》與《看海的日子：寫我海巡弟兄們》合計也有 22 萬餘字，寫的是他軍旅生涯的點滴記憶，是隨筆，卻又是別史，意義非凡，因為書中有你有我共同的記憶，是我們彼此情感的鏈結與印記，謝謝奕炳的驚人記憶力與好文筆，幫我們留住了人間最美好的情緣。這又證明了他做人做事的認真與執著，全力以赴，絕不打混。

　　前幾天，新書送到家，我看到完美的成書，沉甸甸的、厚實有料，趕緊再翻閱，仍然感覺溫暖有味，心情澎湃，其中最有感的是，看到《鳳山黃埔舊事》176 頁，樹的故事「雨農樓的相思樹」，插圖是奕炳帶著三個大小孩子在撿拾相思豆，那是民國 86 年（1997）2 月 8 日，農曆新年，我們到官校眷探，記憶中的畫面一幕幕湧上

微笑前行
樂齡阿嬤走出來

心頭，睹物思人，我重溫了 27 年前眷探的溫馨，眼淚卻再也止不住了。

或許大家知道，我的大寶女兒兩年多前走了，那是我和奕炳最大的傷痛，這兩三年來，我和奕炳藉著寫作與運動，來抒發心中鬱結與自我療癒。我更珍惜並感激，在人生路上一路有你，伴我同行，為我送暖與安慰。各位與我情同家人，甚至更勝家人。無論是我歡樂的時刻、或我悲痛的時刻，我們都站在一起，一同走了過來。我尤其難忘 2021 年 12 月中，大寶女兒在華府故去時，我遠在雅加達 90 多歲的公公，在電話中告訴我，他恍恍惚惚、一整日不知道應該做什麼，還反過來安慰我「真啊，無要緊，無要緊，有爸爸在。」在第一時間，我在台灣軍中大家庭的邱部長、衍璞副部長、文忠、士承、全良、超雄……，在座的諸位也都越洋來電，或傳簡訊，或送來花束慰問，謝謝大家一直以來，始終把我放心上。果真「好的風景在路上，好的朋友在心上」，我們是彼此的心上人。

書寫的文字情緣，延續到長長久久的人生路上。在《看海的日子》書裡，我也跟著奕炳的文字回到中部海岸，怒濤拍岸、海風淒厲，漫天滾滾沙石撲面而來的歲月；想著海巡弟兄們身揹長槍、穿著厚重的防寒大衣，

在寒風刺骨的海岸線上，踽踽而行的佝僂身影。確實，「哪有什麼歲月靜好？只是有人為你負重前行。」謝謝諸位海巡弟兄，謝謝所有黃埔弟兄們，為我們守護國家安全與社會安定。

現在我們兩人過著「退而不休的日子」，深深體會到「好的風景在路上，好的朋友在心上。」相互提醒出門走走，多與親朋好友相聯繫。我們藉著文字結緣，把彼此放到心上，相攜相伴。感謝大家今天出門來此相聚，我就借用改寫唐朝大詩人白居易的詩句，感謝祝福在座諸位弟兄姊妹貴賓們：一願世清平，二願身強健，三願與君常相見！人生路上一路有你，伴我同行，真好。

跨過九月七日這一關

九月七日是大寶生日。民國 68 年（1979）的這一天，天還沒亮，我的大寶在台北婦幼中心出生，她是我們的寶，永永遠遠的寶。

以往每年此時，我都會寫下給大寶的祝福，健康、平安、順利，不論她是在台北還是美國的聖地牙哥、舊金山、愛荷華、達拉斯、華盛頓特區；年年歲歲，媽媽的心意與祈願始終相同。但是，自從 2021 年的此時，驟然得知大寶生病了，受苦了，我心如刀割，含著淚水祈求神來垂憐，期盼能有奇蹟降臨，無奈天終不從人願，嗚呼！媽媽終究必須放手，大寶還是走了。從此之後，天地風雲變色，九月七日，成了我一道艱鉅的關卡。

尋思著，該怎麼跨過九月七日這關卡？今年（2024）九月七日正巧逢白露，一場秋雨一場涼，一場白露一場霜。在台北，風起秋涼，間或有秋颱來報到，家裡小院落美人樹花正開著，黃葉落滿地，掃落葉、盼秋涼、等待冬天，一年過去又將迎新春，添新葉、綠滿枝枒，明

夏美人樹又將是一樹豔紅以迎人。四季流轉很正常，年年九月天的景象與心情都應如是，「天照甲子，人照道理」，不是嗎？

於是，我在九月七日這一天，如常的早起灑掃、清理落葉，然後料理家務、洗熨衣服，藉著做家事以勞動工作來平復心情。下午我帶孫孫小光去台北表演藝術中心看「美猴王」，朱陸豪師徒三代同堂共演的孫悟空經典劇目，看好戲，看戲好！我想到暑假剛過世的李承山老師，曾在去年（2023）書勉我：「何時做個清閒人，一生大笑有幾回？」當我與小光一起看著舞台上的美猴王，我們就拍手叫好、開心鼓掌，大笑了好幾回！我想這樣過日子，「如常」，應該就對了。

當天晚餐時，小皮為姊姊買了一束布製花束，又訂了一個紅葉的烏龍茶口味蛋糕，我們聊著大寶愛吃什麼、愛喝什麼，還有她從小到大照顧弟弟妹妹的往事。幼稚園時，她跟老師說：「我家裡還有一個妹妹，可以多要一份點心餅乾嗎？」然後她把餅乾放圍兜，連自己的也帶回家給小皮了。長大後，大寶負笈美國、讀書、就業、結婚，小多弟弟也赴美求學，姊姊帶他去選購單車，帶他去採購宿舍家俱，還被店家誤以為是小多的媽媽呢。相差十三歲的姊弟，被誤認為母子，不知是小多

太稚嫩了?還是大寶太成熟?

　　遠了,遠了。這些陳年往事都已遠了,只是往事並不如煙,大寶還是在我們心底,時不時湧上心頭,與我們同在。歲月如歌輕吟去,往事歷歷繞心來。人安心安事事安。就這樣,九月七日這一天我們在台北、在華府、甚至在許多不同地方一起渡過了又一個九月七日,大寶的生日。我知道,我們許多親朋好友都深深思念著大寶,也關心大寶所惦記的我們,但我們都努力照顧好自己,認真過好每一天,相信這時候,天上的大寶與人間的我們,都會滿懷感恩,欣喜地頷首微笑,尤其她生日這一天,祈願大家都「如常」生活。

　　是的,我為自己安排的「跨過九七關卡」秘方,正是「如常」生活:我藉著「工作、運動與寫作」,三個方子來自我療癒。第一個方子「工作」:包括到學校兼課、當義工,與同事、學生接觸,有事做又有成就感,很有存在價值;做家事則是燒飯、洗衣、清掃和園藝,以及整理大寶衣物文件照片,打包裝箱上架,既是內外的清掃,也是心理的梳理,療癒效果極佳。工作的作用,就是轉移焦點,填補生活重心。第二個方子「運動」:包括參加太極拳班,每週上課打拳鍛鍊,還有自己每日步行健走,以及不定期的假日結伴健行,運動不但可健

身，有益健康，更能紓解壓力以忘憂。至於第三個方子「寫作」，則是我藉書寫以自我療癒的良方，藉著書寫，我回顧，我省思，我感恩過往，我惕勵未來；我為生命找到一個出口，撥雲見日，前方即是光明。想到齊克果語錄有一句話：

Life can only understood backwards , but it must be lived forwards . 生命只能從回顧中領悟，但必須在前瞻中展開。沒錯，我要自得其樂，如常生活。「何時做個清閒人，一生大笑有幾回？」笑一笑，微笑繼續向前行吧。

微笑前行
樂齡阿嬤走出來

小 V 與嬤嬤的二十年之約

　　「世」就是三十年的意思,父子相承的輩分稱為「一世」,亦即一代。今年九月一日剛開學,學校為歌仔戲系科創設三十週年慶,舉辦一場別有新意的演唱會:「春泥護花,歌仔 30 正青春」,寓含有世代傳承,再創輝煌之意;系裡特別邀請創科以來的師長、校長、老師、畢業校友與在校同學不同世代師生同台演唱三十年來演出過的精彩片段,其中有許多美好回憶的溫馨感人,更有惕勵未來鼎新革故的藝術追求,讓在座的大家胸臆間澎湃悸動不已;尤其是看到三十年前的小孩兒而今都已各頂一片天,成了歌仔戲舞台的鐵肺唱將、名角天后、導演舞監或藝術行政等等,在傳統戲曲界的幕前幕後、台上台下發光發熱,引領風潮,令人格外欣慰。回想當年,我也參與其中,籌備設科、開辦招生、規劃課程、一年後就看見他們師生聯演,登上國家劇院⋯⋯。往事歷歷,三十年後能與眾人一同歡聚並見證歷史,人人都分外珍惜,備感歡欣與慶幸,衷心期待戲曲藝術能「世代傳承」永續傳揚,代有才人出。人生可以有幾個三十

年?我不敢奢望能與戲曲有下一個三十年之約,但在暑假我卻與小V寶貝有個二十年的生命之約,我認真思考,決心要努力實踐「嬤孫的二十年期約」。

　　小V是我的小外孫女,2014年10月在美國維吉尼亞(Virginia)出生,所以乳名叫小V。這暑假她和姊姊T寶(Texas德州出生)跟著爸爸由美返台探親,我們全家人特別一起從台北飛到印尼雅加達,去探望TV高齡97與88的外曾祖父母。平日骨肉至親遠隔重洋,相聚不易,但血濃於水的親情鏈結,卻是始終牢牢固著、未曾鬆移過,每逢年節吉慶總會視訊互寄關懷;尤其是在三年前,小V七歲稚齡失恃之後,我們每次見面相擁,總是抱得更緊更緊,似乎想要在深深相擁當中,將這一份「愛的鏈結」牢牢嵌入彼此的心坎裡。暑假他們返美前某日,小V和我看著家裡照片牆的照片,對她媽咪與爹地結婚時,家族近百人的大合照,特別感興趣,一一指認家族長輩們,於是我倆有了下面的對話:

　　小V:「嬤嬤,等我長大結婚了,我的小孩要叫你什麼?」

　　我:「我是你的嬤嬤,你的孩子要叫我阿祖啊。」

　　小V:「嬤嬤,你要像雅加達阿祖參加我媽咪的婚

禮一樣，我結婚的時候，你也參加我的婚禮；然後我的小孩也像我一樣，有阿祖可以抱抱，那要等多久啊？」

嬤嬤：「喔，等妳長大、畢業、結婚、生小孩，這大約要二十年吧？到時候嬤嬤就快九十歲了，我一定要好好保重，才能見到小 V 的孩子叫阿祖啊。」

小 V：「好！二十年，我們約定好囉！嬤嬤要當我小孩的阿祖喲。」

小 V 與嬤嬤祖孫相差六十歲，打從出生至今都和嬤嬤十分親暱。2014 年 10 月小 V 出生，嬤嬤赴美四個月，給大寶女兒坐月子兼顧娃兒至 1 月下旬。2015 年 4 月因大寶甲狀腺手術，嬤嬤再赴美馳援，為了術後療養之需，6 月底便讓八個月大的小娃兒隨嬤返台，投靠阿公嬤嬤與姨舅半年多，小 V 就在台北度過「周晬」，一歲生日依古禮「抓周」。我們祖孫相依相守，形影不離，阿公與嬤嬤日日熬粥餵奶、主副食加蔬果，把屎把尿、洗澡更衣換尿布，外加早晚散步，真的是做到襁抱提攜，呵護備至，就連小 V 學走路，一歲一個月大時在大湖公園，跨出人生的第一步，都還有圖為證呢。

一轉眼小 V 就要滿 10 歲，當下面對嬤孫的「二十年期約」我該如何履約？養育、照顧、栽培幼雛成長，

便是首要目標。自小 V 出生以來，我們一直以「健康平安成長、快樂學習做自己」作為對小 V 的祝福與期待。打出娘胎小 V 就皮膚過敏、身材較纖細、但肢體柔軟度特佳，學過體操、游泳與足球，現在學跆拳道和網球。她平日愛撒嬌，不時會伸臂抱抱嬤嬤與阿公，喜歡跳自創的芭蕾和體操瑜珈，也愛閱讀、畫畫兒、做手工藝和彈琴，學校課業表現也頗優異，媽咪把她教得很好，嬤嬤很心疼她的貼心與善解人意。不意 2021 年 9 月大寶女兒竟傳來罹患惡疾，我們急奔美國陪伴照料，但天不從人願，大寶還是在 12 月中遽然離世。嬤嬤喪女已是痛徹心扉，哀痛逾恆，可是與稚齡小 V 相較，同樣母女連心，嬤嬤就必須補位大寶，更堅強的來翼護幼雛了。

原本每晚有媽咪陪伴入睡的小 V，在嬤嬤剛到美國時說：「嬤嬤還沒來的時候，媽媽生病，晚上睡覺我好害怕，可是沒人安慰我，後來就慢慢的自己好了。」我只有緊緊抱著她，說不怕，嬤嬤在，可以隨時用 ipad 打電話、傳訊息，或是和嬤嬤視訊都可以。小 V 剛失去媽咪時，我送她上學等校車，她總愛抱著嬤嬤臂膀嗅嗅聞聞，還說我和她媽咪味道一樣！聽得我心頭一緊，泫然欲泣，只有回應她：「因為嬤嬤的衣服和你們的用同樣的洗衣精一起洗，所以和媽咪味道一樣啊。」嬤嬤看著

微笑前行
樂齡阿嬤走出來

　　她小小年紀自己洗頭洗澡，自己洗衣烘衣，自己摺衣換季，自己寫功課整書包，這些都是媽咪教她學會的；我雖心疼，卻也欣慰，娃兒正在長大，她堅強勇敢，將會像屹立的大樹一般，頂天立地，蒼翠長青，讓嬤嬤和媽咪同感驕傲。

　　小 V 說，長大後她要像她的小兒科醫師 Dr.Baugh 包醫師一樣，當個醫生，幫小朋友看病、檢查醫治，照顧小朋友的健康。嬤嬤也見過 Dr.Baugh，十分親切的包醫師，總是笑容可掬的面對小朋友，既專業又和藹可親，小 V 很幸運有此典範，加油，認真學習，目標就在前方，嬤嬤也很期待。至於嬤嬤要如何實踐這二十年的生命之約呢？和小 V 一樣，也是加油，但加的油是「維持健康」，嬤嬤在近二十年前，就立下退休三大目標：「健康美麗、學習成長、回饋奉獻」，我一定要注意營養、運動、睡眠與作息正常，保重身體健康，保持心情平和，努力讓自己在二十年之後，成為「阿祖」！這是嬤嬤與小 V 和她媽咪的「世代」之約。

那些傳奇的人事

　　歲月悠悠,不是還中壯年,才提早退休,怎麼血壓高了、鬢髮白了,忽焉竟已躋身銀髮樂齡一族,年近七旬矣。身邊的親人、師友、學伴、同事,有些突然銷聲匿跡,竟永遠失去了蹤影,徒留悵然與回憶。雖物換星移,但四時景物依舊,相信那些傳奇的人與事,與你我同在天地之間,恆久長存。

千里姻緣一線牽

說起黃埔與王小真的「台金一家」，真是「千里姻緣一線牽」，或許是緣分天注定吧。但這個軍公教的遠距婚姻，也真像賭博，兩人願賭服輸，還認真經營，家庭與事業都算碧山巖下尖頂家族的一個「小範兒」，好樣本。

民國六十四年（1975）七月一日，救國團舉辦大專學生社團負責人研習會，黃埔是陸軍官校正言社副社長、王小真是師大兒童教育研究社社長；兩人都是學校舉薦的代表，就這樣有緣千里來相會啦。黃埔自己說：

「官校三年級那個暑假，我奉派北上代表學校參加救國團暑期活動。爬過一條長長的大斜坡，我來到北投這個新成立不久、可以俯瞰淡水河的五專，光武工專。額頭潸然而下的汗水和被汗浸溼的白襯衫，我終於明白為什麼這個學校的女生會有一雙粗壯的大腿。

正當我在活動報到處，抱怨文學校大學生毫無紀律觀念，竟然大多一襲 POLO 衫牛仔褲和花色鞋襪，而不

是穿規定的白襯衫、卡其長褲和黑色鞋襪來報到，私下懊惱自己竟成「異類」的古板阿呆時，眼看著遠遠走來一位頗有氣質、拎著行囊的女生，我不禁輕搖著腦袋，開心的笑了，「德不孤，必有鄰」，看來我並不孤單，沮喪的心情頓時開朗許多。

一週的活動裡，我們分在同一組，指導老師是留美剛回國的黃俊英老師，輔導員是政大的黎拔佳學長。我利用機會「虧」了那個傻女孩一頓，雖然她一直強辯：她才不跟我一樣「阿土」呢！因為，她的白襯衫是篷篷袖、邊邊還繡一圈薄紗蕾絲，可時髦的呢。

1978.09.16. 黃埔與王小真在台北結婚，黃埔忙中有錯，拍照還穿學生軍服哩。

微笑前行
樂齡阿嬤走出來

台金一家，黃埔帶尖頂家族芳鄰到老家金門一遊。
2016.07.30. 瓊林

　　大概是第一印象不錯，回到鳳山後，她是我有連絡的少數組員之一。雖然知道她在師大很活躍，必然追求者眾，更何況我還有「作戰連絡線」太長、軍人自由受限的致命弱點，但還是抱著「得之我幸，不得我命」的態度，經常利用休假，到臺北看看這位白襯衫、黑長褲的女孩，每天抽空給她寫信，即使在野營演習也未間斷。……後來呢？俗話一句，當然是「有志者事竟成」，有情人終成眷屬，女孩成為我摯愛的新娘囉！

　　這件事讓我相信：有緣千里來相會，無緣對面不相逢。緣起緣滅，誰說得準呢！」

就這樣，一個是來自外島金門戰地的阿兵哥、一個是台北三重埔的普通人家女兒；兩人戀愛、結婚、組成「台金一家」，一眨眼，我倆竟也結婚成家四十多年囉。四十幾年來，一個是身羈軍旅、東遷西調，從鳳山官校、苗栗、台中港、桃園龍潭、大小金門、中壢士校、國防大學、新社興中山莊、鳳山步校、到陸總部、國防部……，先生軍職四十餘載，戍守國疆足跡遍全台；直白說，就是奉獻國家，不常在家！

正因為一個浪跡天涯，另一個只得母兼父職、教養兒女、教書持家，裡裡外外全要一人扛起一家子，除了生養三個孩子，還有台灣、金門、乃至南洋的親族要照應，辛苦忙碌與獨立堅強，是作為軍眷必備的人格特質。兩人剛結婚時住永和，一年後遷居三重，一住十年，多仰仗岳家照應，因此兩個女兒與外公外婆、舅舅舅媽特別親。還記得當時王小真常常騎著腳踏車去領眷糧載米回家、也天天騎著單車上下課；有時夜裡孩子發燒、自己抱著娃兒跑診所敲門就醫；假日就領著孩子到新公園、植物園、博物館等場所館舍去遊逛玩樂；就連過年時，到新加坡、印尼去探親，也是母女三人自助行，爸比必須在軍中留守啊。

感人的是，早年阿兵哥爸比每次回家時，都會順道

微笑前行
樂齡阿嬤走出來

從福利中心採購罐頭、衣物、日用品，塞滿綠色軍用黃埔大背包，一路駝回家。他曾經精準的買回大寶女兒的學步鞋，他說，摸摸肚子上被小娃兒踢的位置，就測出大小了；還有，傍晚時分兩人帶著孩子一起過馬路，要到對街三重商工校園去散步時，他會站在馬路中央，伸直手臂、指揮交通，保護母女過馬路；再有就是黃埔爸比每次回家一定大掃除，帶著孩子掃地、吸地、擦玻璃、刷紗窗，甚至粉刷全屋子的牆壁！這應該是他愛家、愛妻、愛兒，為了減輕王小真的負擔而做的一點兒補償與回饋吧。

後來，孩子漸漸長大，為了要給孩子更好的成長環

老先生黃埔解甲歸田仍在退輔會供職，老太太也退而不休到校兼課，居家時兩人就忙顧孫，是含飴被孫弄啦。2015.12.15. 大湖

境，黃埔說，基於戰略考量，家要先安穩固定，「一點不動一點動」，工作就學皆就近且生活便利，全家只有一人必須四處移動，於是王小真調校到內湖劇校，隨後遷居內湖碧山巖下，就此安家落戶，與「尖頂家族」好鄰居結緣，三十年來，遠親不如近鄰，大家相互照應，情逾手足，宛若兄弟姊妹。

在內湖初期，黃埔正巧任職大直三軍大學，每日清晨攀登碧山巖勤練身體，所以四十歲有良好體能又添丁，兒子小多保母就是芳鄰劉媽媽，有時王小真公務繁忙，多賴巷弄各家伯伯媽媽們支援，小多幾乎吃遍巷子裡每一口灶，可說是「一條街的公子」呢。

現在，黃埔與王小真都已年逾花甲、兩鬢飛霜近古稀，不再是當年那白襯衫、卡其長褲青春飛揚的年代；台金一家也由起初的小兩口開枝散葉，成了五口之家，孩子一個個長大，大寶女兒赴美學業有成、成家立業又育有二女；小皮女兒也學有專精、結婚後又生下一子，只有小多兒役畢後負笈美國再進修，很期待他能早日成家，生兒育女以慰親心。相信「台金一家」在碧山巖下傳承繁衍，一代又一代，愛將不斷擴散蔓延……。我們會世世代代親自演繹「執子之手，與子偕老」的精義，千里姻緣一線牽。

子婿燈傳奇

　　金門一般傳統閩式建築，住家大廳屋樑上常見懸吊著燈籠，那就是「子婿燈」，又稱做「新郎燈」，是金門婚俗中男方必備的禮器。日前在雅加達家中與公公聊天，說起「子婿燈」的故事，十分傳奇。公公說：

　　「在印尼雅加達有位鄉親，名叫 Barbie Ong，就是『王阿豬』，Barbie 印尼話即是『豬』，奕民也認得這位鄉叔，本名王水生，金門中蘭人，十多年前六七十歲罹患肝病過世了。

　　阿豬親口告訴我，他名喚阿豬的由來。當年阿豬的父親結婚，祖父當家作主，依照金門老家習俗準備了一對子婿燈，因為燈、丁，閩南語同音，有燈才有丁，所以結婚是一定要掛上子婿燈的，象徵子孫綿延、宗族興旺、前途光明之意。

　　後來，阿豬的堂叔也要結婚了，來向阿豬祖父借子婿燈一用，祖父慨然允諾，就將兒子結婚用燈送給姪兒了。不意從此之後，阿豬的母親每次懷胎，只要是男孩

必是死胎,始終就是無法生養兒子。很多年後,阿豬的祖父為此十分懊惱去問先生,難道自己真要無後?先生掐指一算,說道:『你哪有丁?你的燈早就沒啦。』原來是阿豬父親的子婿燈被送走了,所以才出不了丁。

瞭解原委後,阿豬的母親仍繼續努力,試試搏命生子,懷孕臨盆時,她不敢在屋裡生、也不敢在房裡生、更不敢在床上生,而是躲到豬圈裡去生。就這樣,終於生下寶貴男丁,名字就喚做『阿豬』啦。」

這麼重要的子婿燈,純手工製作,上寬下窄的桶燈造型,一面書寫自家姓氏,另一面則為家族燈號,燈上彩繪有牡丹、蓮花等吉祥圖飾,充分體現金門淵遠流長的宗族文化意識,也頗具傳統工藝之美。子婿燈既是金門婚俗中不可或缺的禮器,我家也有一段子婿燈趣談。

公公雖僑居異邦數十年,仍十分重視傳統倫理,在海外用心維繫禮教。1998年小叔奕民弟要結婚,公公特地來電吩咐我採買一對子婿燈備用。我到台北萬華去找了一對古色古香的漂亮宮燈寄去,結果公公說不對,是要金門特製的才是。於是我趕緊找人向金門古崗老師傅訂做兩盞「黃家」專屬、燈號「理學正宗」的子婿燈,果真美輪美奐,氣勢非凡。

微笑前行
樂齡阿嬤走出來

可是這子婿燈要怎麼送去印尼呢？1998年5月雅加達排華暴動正熾烈，新聞畫面店家整面玻璃被砸、牆面被燒漆黑，人心惶惶、商旅不行、街頭情勢緊繃，我們都行程暫緩了，子婿燈怎麼送去？就在奕民弟5月23日婚禮前，我和先生決定放手一搏，試試運氣，兩人拎著一對子婿燈，開車到桃園中正機場，找到飛往雅加達班機的 check in 隊伍，尋覓有緣人代送這特急件到府。

結果我倆運氣很好，經我自我介紹、說明來意後，一問就成功，一位台商魏先生（在萬隆做女性內衣外銷美國）答應幫忙。就這樣，一對金門子婿燈千里迢迢、飄洋過海、準時送抵雅加達，掛在家裡大廳上，倍增喜氣。烽火五月天，此燈抵萬金，魏先生盛情可感，因這機緣魏先生也從此和公公成了朋友。

說起子婿燈，我們看著家裡奕民弟的那對新郎燈，公公微笑指著獻堂、獻偉兩兄弟稱：「就是這一對丁，奕民的子婿燈就是這兩兄弟，準準準啊！」我告訴兩姪兒：「你們結婚，伯父伯母一定幫你們準備子婿燈，放心！一定出丁！」

看,咱們金門后浦頭老家雙落大
廳上,也掛有兩盞子婿燈。

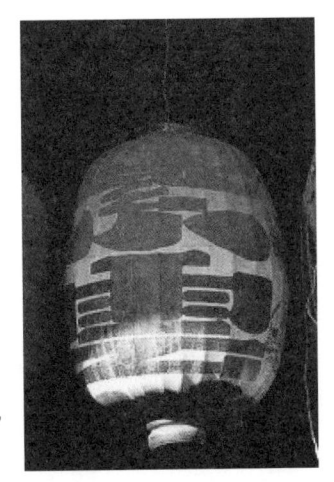

紫雲衍派,就是黃氏的子婿燈,
我們家的燈號是理學正宗。

那些傳奇的人事

生命之樹

　　從小我就愛樹。學生時期談心玩遊戲,總是互相詢問:你最喜歡什麼花?你的個性最像哪一種花?我卻老愛幻想做一棵大樹,頂天立地,不畏風雨,可以在天空與白雲嬉遊,在地面為人遮蔭,與禽鳥同樂,雖屹立一處不能移動,卻能隨風婆娑、日升月恆,歲月流轉,看盡人間繁華與萬物興衰,大樹不必言語,也沒有煩憂,多麼逍遙又自在。這就是我夢幻中的理想境界,當一棵大樹。

　　小時候,老家三合院門口埕有棵大樹,應該是苦楝樹吧?我們會競相爬樹比賽誰快,會到樹上抓金龜子和捕蟬,會摘樹葉做笛子吹,會撿樹籽當彈弓的子彈,也會在樹下玩捉迷藏、踢毽子、跳橡皮筋,大樹就是我們童年的歡樂基地、大本營。長大結婚後,我央求先生,家裡一定要有一棵大樹,那才是家。果真,我們結婚多年後,在瓏山林家裡的小院子就有一棵大大的美人樹,現在已經高過三樓窗口,木棉科的它每年夏秋開花,紫紅花朵滿樹,十分壯觀,每每才掃完落花,秋冬就接著

落葉，等到春季枯枝又會冒出鮮嫩新葉，生機勃發，綠意盎然，入夏後蟬鳴唧唧，眾鳥麕集，頗為愜意。小院子裡除了美人樹，當然我還栽植了其他花草樹木，一株櫻花樹、一株福木，再加上幾株盆栽花花草草，也很熱鬧，蒔花弄草，日子過得別有情味。可我這二十多年來，隨著春夏秋冬四季流轉，滿院子我獨鍾這棵美人樹，看著它成長茁壯、生生不息，樹圍最初從兩手掌環圈大，到現在用兩手臂環抱還不夠，不由得讚嘆生命的美好，世界真奇妙，我愛我家的美人樹。

愈長大愈愛大樹，愈愛樹愈認識樹木，也愈能從中體悟生命、珍惜生活。十多年來我常到美東維吉尼亞大寶女兒家，此地緯度比台灣高，四季分明，森然大樹到處可見，春日花開青草綠、夏季樹蔭皆蒼鬱、秋日遍地是楓紅、冬天白雪覆枯枝，我更愛早起在社區散步健走，享受清新的空氣中滿滿的芬多精，走路流汗精神好，舒活筋骨多健康。而且健走時，一路上鳥語花香，不只有松鼠、鳥雀相伴，時而與對向擦肩而過的夥伴揮手問安，感覺很是溫暖，萬物和諧相處，共存共榮，這真是世界大同啊。我在維吉尼亞認識了楓樹、梧桐、橡樹、紫薇樹、松樹與柏樹等常見的樹種，也更堅定地愛上了大樹，四季都愛。

微笑前行
樂齡阿嬤走出來

在教會裡，我是「香柏樹小組」的一員，香柏樹又稱上帝之樹，是完美、向上、尊貴的象徵。香柏樹樹型很美，矗立高山上，確實神聖、尊崇、優雅極了。但我曾看過馬達加斯加猴麵包樹的報導，感覺更聖潔、更壯觀、更尊榮，那是樹型獨樹一幟的巨木，樹齡數千年的神木、高達三十公尺的大樹，被列為世界自然遺產，號稱「生命之樹」的猴麵包樹，絕對值得去認識，去瞻仰。尤其是當今這個具非洲象徵的千歲樹種，正面臨嚴重考驗，因為近年來為砍伐、森林野火與被水稻田取代，使得馬達加斯加特有的五百公尺長猴麵包樹大道上，已經很難再見到猴麵包樹的幼樹了。根據科學家的說法，極可能是極端氣候造成氣溫上升以及季節性驟雨，改變猴麵包樹的生長環境，導致樹木缺水乾枯，無法支撐其龐大的樹幹，因而紛紛倒下，才成為氣候變化下的犧牲品。一思及此，我們對大自然環境、猴麵包樹以及林林總總的花草樹木，是否都該多一份愛護、保護與敬畏、珍惜之心呢？我愛大樹，大樹愛我，我們應該為大樹多做些什麼的。

生命之樹：馬達加斯加猴麵包樹

位於南半球東非海岸旁的馬達加斯加，是世界第四大島，國土面積五十八萬七千零四十平方公里。樹齡可

達數千年的猴麵包樹（Baobabs），是當地最大也是最重要的樹木，在非洲有「生命之樹」稱號。然而，這個具非洲象徵的千歲樹種，正面臨嚴重考驗。

中空樹幹可大量儲水

像是往天空倒著長的猴麵包樹，有個流傳在馬達加斯加的傳說。傳說中，在伊甸園的猴麵包樹相較於其他樹木，外型獨特美麗卻又傲慢自大，造物主因此對猴麵包樹進行懲罰，將其頭栽於土壤、根植於空中，形成目前我們看到的特殊外型。

猴麵包樹外表有些是灰色、有些是紅色、有些是綠色，因為高度和形狀都比周圍的其他樹木大，被稱為「雷尼亞拉」（Reniala）或「森林之母」。可儲水的中空樹幹，最大容量達十二萬公升，可以在艱難的乾旱條件下生存。也因為提供當地人飲水，所以被稱為「生命之樹」。

在非洲文化裡，猴麵包樹有著神聖不可侵犯的地位。樹的本身從根、莖、葉、果實等皆蘊藏有豐富營養：含有高鐵質的樹葉，當地人常摘來當一般蔬菜烹煮食用；外表柔軟顏色呈黃褐色的果實，其維生素含量高於柑橘類達六倍之多；果肉常被榨成果汁或做成果醬，裡面的種子則被當地居民磨成粉當做咖啡的替代品；樹皮的纖維特性更常被製作成繩索或提籃；樹根則可作為紅色染

微笑前行
樂齡阿嬤走出來

料。樹根、樹葉與樹皮還具有藥性，常被當地人作為醫藥用途，可說整棵猴麵包樹被非洲人物盡其用到極致。

不僅如此，猴麵包樹的存在使土壤保持了溼潤度，樹根更保護了土壤不受侵蝕之害，可說是駐守在非洲大平原的生態大臣。

相繼猝死的生命之樹

馬達加斯加六種麵包樹中，高度可達三十公尺的大猴麵包樹（Adansonia Grandidieri），是最巨大粗壯也是最有名的。多達五十棵的猴麵包樹，在路的兩側形成了長達五百公尺的猴麵包樹大道，每年吸引眾多外國觀光客到此一遊。

然而，這樣的美景很可能會在不久的將來消失。此區雖然已於二〇一五年被列為世界自然遺產，但是由於近年來的人為砍伐、森林野火與水稻田的取代，使得此區很難再見到猴麵包樹的幼樹。

科學家們表示，極可能是由於極端氣候造成的氣溫上升以及季節性驟雨，改變猴麵包樹的生長環境，導致樹木缺水乾枯，無法支撐其龐大的樹幹，因而紛紛倒下，成為氣候變化下的犧牲品。

資料來源：經典雜誌 258 期 2020.01.【人樹之間】生命之樹 馬達加斯加猴麵包樹的危機 －（rhythmsmonthly.com）

想念我二姑

這暮春四月，看花開花落，人間也一樣悲欣交集，清明時節格外教人思念親長！尤其，我二姑姑（秀美）四月五日新逝，昨日（二十二日）剛為她送行，看著老成逐漸凋零，卻無法抒解傷慟，也未能深情道別，人生長恨水長東，此刻的我特別想念我的老母親與姑姑。

我有三個姑姑：大姑秀琴（1931-2008）是與我老母親（1931-2020）同年，三角交換都成了童養媳。但大姑後來嫁給四川籍擔任警官的姑丈，他們住過烏來、南港和汐止，我與大姑家的慶年、慶元表兄弟年齡相近，自幼即熟稔相親。但對比於長大才出嫁的二姑（1941-2021）與三姑（1944-），我們姑侄自是更為親密、更親近的。二位姑姑年輕時、出嫁前，是住在我們大房間後方，有布簾相隔的木板床，算起來我們可是同寢室室友呢。

常聽姑姑們講古：當我還是幼兒時，二姑姑揹著我去天台戲院看歌仔戲，結果我竟然把座位尿濕了，二姑

姑就帶著我趕緊溜之大吉，逃回家去。後來二姑嫁到台北昌吉街，假日裡，上了初中的我會去找姑姑，因為二姑曾任爸爸布莊的店員，銷售、遊逛都在行，口才好、人頭也熟，讓姑姑帶著去看醫生、買鞋子、逛街玩兒，準沒錯。再後來，我長大、畢業、結婚、生了小孩，姑姑帶表弟表妹回來，還會幫我逗大寶女兒玩呢。往事歷歷，並不如煙。俗話說：「姑疼孫，同字姓」，我們姑侄感情好，同為王家女兒，共同的特質鮮明，好勝、不服輸，自主、很獨立，善良、熱情、嫉惡如仇、吃苦耐勞……，簡單說，就是一個字「tough」！我們都很勇敢堅強。

這些年來，歲月無情，尊長紛紛告別人生舞台，先是祖父、祖母相繼辭世（1982、2000），接著我父親與大姑也相隔半年故去（2007、2008），後來二嬸、二叔也隨萬物遷化（2008、2013），最近則是我老母親與二姑相距半年先後謝世（2020、2021）。嗚呼！我思念這些呵護我、照顧我、疼愛我的長輩，一一化作千風，再三呼喚無回應，唯有記憶深處尋影踪，實在痛徹心扉。但想到而今生命圓滿，九泉之下，親長們相聚，兄妹、姑嫂、妯娌、夫妻有伴，或可稍解遺憾吧。

上週接到二姑訃報後，我就去捻香和姑姑聊聊天，

但心情沈重，接連數日都夜不成眠。我知道三姑天天早晚都去誦經迴向給二姑，她倆姊妹情深，近八十載的手足，忽然人海蒼茫，天人永隔，必定比任何人都更心痛。奠禮上我看到叔、嬸、姑，還有各家堂兄弟姊妹、表兄弟姊妹全都到齊了，二姑，我們都愛您！人生一期一會，我們姑侄何其有幸，能成親人，且曾經有過那麼多美好回憶，願您放下罣礙，我們存歿兩安相祝福，親愛情緣長留存。

　　　　　　　　　　寫於 2021 年 4 月 23 日午後

微笑前行
樂齡阿嬤走出來

王校長與我二三事

　　學校開學兼開台日,就在西洋情人節,那天剛忙著開學備課等瑣事,一早接到老校長夫人來電,通知老校長2月13日星期天晚上走了!我一聽震驚得哽咽問道:「師母,怎麼可能?怎麼發生的?」

　　回想近日事歷歷在目,1月9日在咱們家台北晶華的歸寧宴上,還和老校長歡樂地交談,校長說他近來腰腿差了些,離不開拐杖,但體力還不錯,一定會為我們大家保重的,要他寫什麼字儘管吩咐,沒問題!

福壽康寧,吉祥如意,老校長墨寶。

當天我們沒收禮，校長送了幅親筆喜軸致賀，回去又交待師母務必補寄禮金；當我收到郵政禮金後去電致謝，校長還怪師母寄少了，（說三五千，就是五千嘛，怎的寄成三千五呢？）我說老校長長輩的心意我了解，滿滿的祝福不能用金錢計算的。

農曆年前1月28日，我託金杉幫忙給老校長送一份年禮過去，一切安好，還收到老校長親筆寫的春聯，一樣筆酣墨飽的那一筆漢隸，厚實飽滿又挺拔俊秀！真是帥。沒想到的是，師母說過完年上週三2月9日，老校長在家摔倒，後腦著地顱內出血，就此昏迷四天，救不回來，就這樣走了！天啊，人生無常，誰會料到老校長與我們竟然就這樣天人永隔了？

王老校長是山東人，民國17年次，當年的流亡學生娃娃兵，曾駐紮金門，部隊就駐紮在奕炳老家房子，與家裡叔叔嬸嬸都熟稔。老校長從軍又再進修，後來師範學校畢業又參加公務員高考，進教育部服務，因雅好藝術又熟悉京劇，曾帶團赴歐美巡演，所以被派擔任復興劇校校長。民國78年（1989）我考進復興服務後，偶然間校長從我個人資料裡發現一段金門緣，還特地找出率領學校京劇團赴金演出，順道回去拜訪我家叔叔嬸嬸合影的照片相贈，世界真小，大家真是有緣；從此，奕炳

稱校長王叔叔，孩子就跟著喊王爺爺。那時，校長常摸摸下課來學校玩兒的小皮女兒的頭說，趕快要你媽媽再生個寶寶，一定會是弟弟的。果真，校長任滿退休後，1992年底我們家多了一個小多多阿弟，這或許是拜校長的金口所賜吧？

　　記得二三十年前，校長在復興時，很重視學生京劇基本功的奠基與戲劇專業學習，他要求早功訓練紮實，經常天還濛濛亮，五點多就到校視察早功授課狀況，還辦早功觀摩與競賽，到夜裡還在校陪著學生，看學生排戲；那時候，老校長還開辦京劇劇本彙整工作，找了個專職助理將四百多齣老戲一一理出頭緒，劇本圖文並茂，還出版一本厚厚的合集《本事稿》呢。不過，那年代學校裡時興5元文化，大小事兒5元郵票一貼就到教育部告狀，什麼劇團演出、劇藝教學、連學生輔導、兩性交往等都會上告，所以，校長常常忙著寫澄清、說明與答辯文字，我還曾經幫過一點點小忙，現在想來不覺莞爾。唉，往事如煙，哲人已邈。

　　老校長寫得一筆好字，尤擅隸書，退休後還揮毫教書法，也奔走兩岸辦書藝展覽，藝文交流，每年校慶與春節都返校熱心為師生同仁示範書藝教學。我特別幸運，年年都會收到整套的特製春聯，上下對聯橫批，中

條與斗方,春福滿,吉祥話,一個都不少。只是從今後,再也看不到了!想到過年前我才收起去年校長寫的「福壽康寧」,老校長,您一生精彩,堪稱「福壽康寧」,願您一路好走,師母多保重。(寫於 2011.02.15.)

大寶寫她阿嬤

　　我的大寶女兒（黃懿慈）寫她與阿嬤（外婆）的兩篇文字，在臉書的今日回顧再映入眼簾，我睹文思人，不覺又再淚目。我的老母親不幸於四年前（2020 /09 /25）以九十遐齡辭世，遠在萬里之外的大寶女兒，思念阿嬤，寫下了〈悼念文〉。多年前大寶女兒在美得知阿嬤罹患阿茲海默症，慢慢的由輕度逐漸轉進中度，她因惦記著阿嬤，卻又分娩在即，無法返台探望，朝思暮想，焦慮得竟連午睡都夢見阿嬤了！於是，大寶寫了〈阿嬤與我〉在 2014 /07/ 28 發文思親。而今，老媽我看著大寶的文字，一字一句讀著讀著更覺悲切，想著女兒竟然在阿嬤去世一年多後，拋下老爸老媽和她摯愛的女兒與夫婿，遽爾離去！嗚呼，慟哉！我無語問蒼天，無處覓蹤影，唯有寄語白雲，傳去我的萬千祝福，祈願天上人間皆能平安康泰，各自安好，喜樂常在……。

　　大寶悼念阿嬤 黃懿慈 2020 /09 /27 於臉書發文

　　阿嬤離開這個世界已經三天了，這三天裡，我繼續

上著班、催著小孩做功課、張羅著全家大小的吃喝、喝咖啡追劇、跟朋友聊天打屁，世界似乎繼續轉動著，沒有什麼不同。但是，在心底，我知道，阿嬤走了，我沒有阿嬤了。

我是阿嬤帶大的孩子，從出生被抱回家開始，我跟阿嬤這對同一天生日，年紀相差48歲的祖孫，就似乎緊緊地繫在一起，阿嬤餵我吃飯、阿嬤幫我洗澡、阿嬤給我做衣服穿、阿嬤帶我上學、阿嬤陪我睡覺、阿嬤跟我一起看歌仔戲，我是阿嬤最愛的小外孫女，阿嬤也是我最親最愛的阿嬤。

這幾年阿嬤的狀態一直不見好轉，阿茲海默症帶走了阿嬤最引以為傲的記憶力，聽力的衰退也帶走了她想要跟人聊天交流的欲望。膝蓋關節的退化讓她不願意走動了，菜市場去不了了，美容院也不去了，阿嬤只能留在老宅子裡看著電視，聽著聽不清楚的對白。阿嬤不太說話了，但是她常常斷片的記憶裡，我知道在某一個角落裡還有我，只是阿嬤在記憶裡迷路了，沒關係，我記得您就好。

阿嬤走了，在這幾天裡我沒有惡狠狠地哭泣，因為我知道這一天一定會來到。阿嬤，你不要擔心我，我知

道在另一個世界的你過得很好,你自由了,不再受困于老宅裡的病床上,你現在可以去你想去的地方,吃你想吃的東西,說你想說的話,做你想做的事。我知道你掛念著我,我沒事的,阿嬤,我會好好地照顧自己,在我的心裡,你還活著,因為我是你的孫女,你就是我,我也就是你,你就活在我的呼吸裡,我的血肉裡,我是你生命的延續,為了你,我會好好的活下去。阿嬤,我愛你。我真的很愛很愛你。

....

阿嬤與我　黃懿慈 2014 /07/ 28 於臉書發文

又是一個 T 小寶瞎搞胡鬧不睡覺的星期天下午,在折騰了幾個小時後,好不容易小人兒玩到累趴睡著,我和大吉也累倒在床沉沉睡去。半夢半醒之間,我夢到了阿嬤,我已一年半沒見卻時時心心念念著阿嬤。夢醒之後,我發現自己哭了,暗罵自己傻,阿嬤不還好好的嗎?還好好的守著她的老房子,每天迎接著日出日落。雖然知道如此,但是我的眼淚卻怎樣也止不住,撲簌簌地直掉,就這樣,哭了十多分鐘。我知道,我想阿嬤了。我知道,挺著一個大肚子兩個月後要生產的自己今年是回不了台灣看阿嬤了,我也知道,拖著兩個小小孩的自己

橫跨千萬里的返鄉之路比過去困難也漫長得多，但是日子一天一天過去，阿嬤一天比一天衰老，我還能有幾次在阿嬤跟前轉悠撒嬌的機會呢？

我的阿嬤，也就是我的外婆，跟我農曆同月同日生，卻足足差了四十八歲。我生下來沒幾天，被爸媽歡天喜地地抱回家，讓阿嬤把屎把尿幫忙帶大；我的阿嬤，生下來沒多久，就被送給人作「童養媳」（註一），過著油麻菜籽般小媳婦的日子，人生，好像就這麼樣被決定了，沒有選擇，也無從選擇，阿嬤沒有掙扎，因為她也無法掙扎。小時候，我學鋼琴學跳舞學畫畫，忙著當個被愛圍繞的天之驕女，有吃有玩無憂無慮；阿嬤的小時候，只有餵豬養雞挑水做飯，唯一的上學記憶，早已在日據時代小學畢業時悄然停格。

十七八歲，我上了高中、作著各式各樣的夢，準備考大學、往更高更遠的地方飛去；我的阿嬤已經準備嫁給從小一起長大的外公，開始去學洋裁、分擔家計。二十歲，我抱著書本跟同學慢悠悠地走在台大校園裡、騎著單車晃過椰林大道，覺得未來雖然很遙遠，但是充滿了無限的可能；阿嬤的二十歲，已經當了母親、開始為家務操煩。二十四歲的我，已經飛到了地球的另一端，

微笑前行
樂齡阿嬤走出來

在舊金山這個大城市闖蕩,看盡了各式各樣光怪陸離的新鮮事;阿嬤的二十四歲,開始去洋裁行上班,已經是兩個孩子的媽;二十七歲的我,在家人的寵愛之下,飛往美國愛荷華展開第二次的留學生活,每天就像一塊海綿一樣吸取各種新知;二十七歲的阿嬤,依然踩著縫紉機,編織著,不再是自己的夢想與希望,而是孩子的學費與柴米油鹽醬醋茶;三十五歲的我,完成了博士學位,找到了美國國務院的正職工作,跟著先生與孩子在美國華府過著安穩的小日子;三十五歲的阿嬤,已經是三個孩子的媽,踩著縫紉機的腳步更沉重了,肩上的負擔也更大了。我與阿嬤,相差了四十八年的同月同日生,因為環境迥異,有著兩種截然不同的命運。

　　從出生五天出院回家,因為黃老爹從事軍職,長期駐守在外,阿母平常要上課,也沒辦法整天照顧我,我就跟阿嬤黏在一起,朝夕相伴地過了十年。小小的我,每天穿著阿嬤做的不同花色的小洋裝,後面還綁個蝴蝶結,成天就在阿嬤的裁縫間嬉鬧著,聽著阿嬤踩著縫紉機「唧唧」的聲音,以及布匹攤開來、擺置在縫紉台上被大剪刀剪過去的「嘶嘶」聲。童年,就這樣流轉著。記憶中的童年,阿嬤牽著我的小手帶我穿過大街小巷、去上幼稚園;阿嬤帶著我逛遍菜市場,陪我吃了好吃的

蚵仔麵線、給我買了做「蕃薯糊」的材料準備回家做給我吃、帶我搓湯圓煮圓仔湯；阿嬤陪著我睡午覺，躺在木板大床上享受窗外吹來涼涼的風，阿嬤給我唱著歌、說著故事；晚上阿嬤幫我洗澡、帶著我一起看電視打發時間，楊麗花跟葉青的歌仔戲是她永遠的最愛，但她最苦惱的是兩個人的新戲同時上演，讓她超難選擇，愛看熱鬧的我，還曾經胡鬧地把澡盆搬到電視前面，就怕錯過了新戲開始的時間。慢慢的，我長大了，十歲的時候，跟著爸媽搬離了三重，那個充滿跟阿嬤在一起的回憶的台北縣擁擠小城。阿嬤，仍然守著她的縫紉間，守著那幢老房子，守著那條老街。

但是，阿嬤就像我的另一個媽，她超級寵溺我，在我長大之後還是給我買吃的買穿的買戴的，也從沒錯過我的任何一個成長階段。從小學的畢業典禮，到大學的畢業撥穗，阿嬤總是站在台下，跟黃老爹和阿母一起看著我，驕傲地看著，她原本捧在手上寵著、會繞著她轉著的小女孩長大了。日子一天一天過去，我乘著大鐵鳥、離開了台灣、離開了這個阿嬤守著的小島，不會電腦、當然也不知道什麼是網路的阿嬤，只能透過電話線來找到我。開始的頭幾年，阿嬤的聽力還很不錯，所以每一、兩個禮拜，我總會記得打電話陪她講講話，聽她說說最

微笑前行
樂齡阿嬤走出來

近發生的新鮮事,以及她看電視節目之後的感想。我開始工作、生了病、回到台灣、失戀了⋯⋯這一連串的事情,阿嬤都知道,她跟我的其他家人與朋友們默默地陪著我一起走過。對於未來,阿嬤曾經語重心長地跟我說,不管未來會怎麼樣、會碰到什麼樣的人,最重要的,是要找到一個跟自己能「同心」的人,才能一起走人生的路。我想,在阿嬤的人生中,婚姻與愛情對她而言都是無奈而辛酸的,也許她會羨慕我的自由,但是她也深深地期許我能夠好好把握。

阿嬤跟我,整整相差四輪的一對祖孫,我們比一般的外婆跟外孫女都還要親,那條連著我們的線,無論我飛到了哪裡怎樣都扯不斷。現在,阿嬤的聽力越來越差,對於很多事情的記憶,特別是時間的先後順序也開始有了一些錯亂,吃飯的時候,跟孩子一樣會掉飯粒,走路也因為膝蓋關節的退化而越來越吃力,我的阿嬤,就像是我的命,她是那麼那麼重要的一個存在,是我人生中非常重要的一部分,因為我已經習慣了有阿嬤守護的日子,我沒有辦法去想像、也不願意去想像如果有一天阿嬤也會離開。

如果,如果我能再為我的阿嬤做什麼,我都會盡我

努力地去做，我也希望神能給阿嬤更多的時間，讓她健康地活著，讓她看到我過得更好、讓她看到我的孩子長大。

　　註一：童養媳，過去八九十年前（清末民初時期）曾經流行於台灣。生了女兒的人家由於家境貧窮，就會交換女兒、或把女兒送到其他人家當「童養媳」，女孩子從小就在未來的夫家長大，幫忙家務、未來就準備嫁給這一家人的兒子。想當然爾，作為「童養媳」的女孩子，在夫家並沒有機會受到很好的栽培。我的祖母跟外婆，在那個時代下，都是童養媳，也都無奈地被迫接受沒得選擇的婚姻與命運。

微笑前行
樂齡阿嬤走出來

看一部老電影，《鋼木蘭》

那天我一個人在家，找了園藝師傅來修剪花木，一邊監工，一邊看了一齣老戲《鋼木蘭》（Stell Magnolias），劇情感人，讓我忍不住沈吟再三。

《鋼木蘭》戲裡說的是美國南方小鎮上的母女莎莉菲爾德與茱莉亞蘿勃茲，再加上小鎮裡注重外表的前市長夫人、脾氣火爆的鄰居歐巴桑莎莉麥克琳、幾個女人常在店裡聚會的美容院老闆娘桃莉巴頓、還有可憐兮兮的美容院新手黛瑞漢娜，整部電影就圍繞在這六個女人間，各有各的問題與煩惱，也彼此分享、相互撫慰的故事。這些女人性格不同、年齡有別、命運迥異，但個個堅毅、樂觀，演來絲絲入扣，有笑有淚，十分深刻貼切。

故事從女兒茱莉亞蘿勃茲的婚禮當天開始，全鎮的人手忙腳亂，父親忙著驅鳥、女士忙著打扮、會場一片歡樂與凌亂。故事的中心圍繞在莎莉菲爾德與茱莉亞蘿勃茲母女身上，這對母女雖然愛鬥嘴，但母女連心，尤其是女兒患有先天性糖尿病，身體不好，媽媽希望女兒

婚後不要生育，女兒卻愛孩子願意冒險生養孩子，寧可追求燦爛的快樂，也不要平淡的過一生。後來，女兒硬是生下健康的小男孩，卻也因此身體不堪負荷而洗腎，媽媽為了女兒捐出一個腎臟，做腎臟移植手術，但最後女兒仍不治早逝。在喪禮之後，一群人相互慰藉，鼓勵打氣，小娃兒與大人們都走過幽谷，天地悠悠，在晴空下，繁花綻放的公園中，孩子奔跑著，劇終。

　　這是一齣標準「婆婆媽媽」電影。故事裡身體不適合懷孕的女兒硬要生小孩，生的喜悅之後，媽媽為了女兒捐出一個腎臟，最後女兒不幸早逝，母親悲痛不已，自責、思念、壓抑、崩潰，這樣賺人熱淚的情節，牽動我觸景生情，自我投射的悲憫情緒。儘管電影有一大半的氣氛是籠罩在喜樂中，尤其是脾氣暴躁的莎莉麥克琳，她憤世疾俗的個性與對白，加上和其他女人的鬥嘴，頗有「三姑六婆」的趣味，但我實在開心不起來。因為我也掛心我的女兒，她是 SLE 患者，我的擔心和劇中母親並無二致，戲看完了，我仍久久不能自已，命運之神究竟如何安排，面對未來，我卑微的只能祈禱，我盡心，我盡力，我不奢求。

　　查了資料，這是 1989 年的老片子，編劇羅伯哈林（Robert Harling）把他在 1987 年首映後大受好評的舞

微笑前行
樂齡阿嬤走出來

台戲劇「鋼木蘭」，改寫成同名電影劇本《鋼木蘭》搬上大銀幕，並找來一群各具特色的美國女演員飾演他筆下幾個極有特色的女性角色；結果電影的成績十分耀眼，茱莉亞蘿勃茲因這齣戲首度入圍奧斯卡，也得了金球獎。戲裡告訴我，最直接簡單的人生境遇，生離死別、悲歡離合，尤其那對堅強的母女，真比男人堅強，樂觀進取，柔中帶剛的生命韌性，一如英文片名 Stell Magnolias「鋼木蘭」。面對生命，我們人人都該做個「鋼木蘭」。

附記：此文寫於 2008 年 6 月 12 日，我的大寶女兒時正負笈愛荷華，剛拿到第二個碩士學位，準備繼續攻讀博士。惜乎最後大寶不幸於 2021 年 12 月 15 日壯志未成，英年早逝，2024 年再讀此文，分外有感。

旅途偶遇，生命機緣

　　這一趟赴美探親，又是一人獨行，只不過飛得更遠更久，原以為恐怕要無聊得更累人了。但很幸運的，飛日本時鄰座是個年紀相仿的台灣媽媽，飛華府時旁邊也是個台灣郎大叔，一路有伴兒好聊天，旅途添增不少回味。

　　台北飛東京只要三小時十分鐘，旁邊的台灣媽媽是休假兩週返台探望老父親，準備回威斯康辛自己家的，與我前一段航程有緣同坐，我們就從：您打台北來？也赴美探親？開始聊起。約莫50歲的台灣媽媽年輕時在北卡念書，認識了印度籍的先生，現在定居威斯康辛，有個念高一的兒子，先生是在家工作的英文檢定家教老師，自己則是某大廠牌尿布紙類產品的研發人員。

　　台灣媽媽說起兒子滿眼溫柔，很是慈愛，台印混血，五官分明，頗有墨西哥裔的味兒；兒子現在還會黏媽媽，跟著回台多次，喜歡台灣，想學中文，可惜沒機會（中西部小地方的高中，學校第二外語只有西班牙文，沒有

微笑前行
樂齡阿嬤走出來

中文），高中畢業想到東岸念大學，離媽媽就遠了，不過上大學後，有機會學中文，又可以和媽媽心理距離近一些了。相對的，兒子只回過印度兩次，這暑假要和他父親再回去探親，第三次「故鄉行」，比起台灣是陌生多了。在印度，台灣媽媽與兒子印象深刻的是看到印度學校沒廁所，下課噹噹噹鐘響，小學生成群跑出來站在河堤邊，成排的小男生一起解放，水柱噴灑如噴泉水舞般，煞是有趣；還有滿街的動物牲畜與人車同行，馬路是單行道，人已多得駢肩雜遝，車要左閃右躲的，忽兒又竄出牛隻、雞鴨鵝狗的，車子幾乎寸步難行，但大家都人畜和平相處、相安無事，從無紛爭，倒也新鮮。

台灣媽媽說起她的台灣故鄉，什麼都好、什麼都方便，小吃美食吃不完、高鐵捷運四通八達趴趴走，可惜假期結束又要回美國去了。台灣媽媽懷念年輕時學開車，爸爸總是不放心的坐在一旁副駕駛座陪她練車，一趟又一趟；現在換她回來陪爸爸看電視（爸爸愛看《關鍵時刻》，新奇有趣味），陪爸爸搭高鐵訪友出遊去（台北台中一日來回，舒適又方便），好吃好玩的都跟老爸爸一起品嘗。原來，這台灣媽媽的母親走得早，老爸爸今年 78 了，又娶了個年輕的越南妹，還生了個小弟弟，今年才 8 歲，老爸爸說：「身體健康，快樂最重要。」

所以，老爸爸兩個大兒子都已成家立業，各自在大陸經商、在台北當建築師，女兒也遠嫁美國，都無需他操心，於是他自己花錢找個伴兒，還幫越南妹娘家蓋房子、添設備，自己新家三口搬到新北市，現在白天忙著接送小小兒子上下學，晚上忙著看電視，有時還要錄影存檔與兒女分享，忙得很開心。

台灣媽媽去國20餘載，念書、工作、結婚、生子，如「油麻菜籽」早已在異鄉落地生根，但她年年都返鄉，回台探望父親，看父親一年一年老，現在有人照料，錢夠用、身體好、快快樂樂，也很安慰。我聽台灣媽媽叨叨說著，早晨五點半起床、六點機場接送的車來、老父親和她30分鐘就到機場、父親與他在機場吃了早點、父親送機後搭車回新莊，台北的交通與生活真是方便。她望著遠方，微微笑著，眼神似乎停格在往昔父親陪她練車、今晨父親送機後搭車離去的交疊畫面裡，父女情深啊。

生命流轉，親情更深，就為了陪陪老父親，知道他一切安好，別來無恙，在一趟又一趟的越洋航程裡，台北→東京，東京→芝加哥，芝加哥→威斯康辛，迢迢千里，喔，不，是飛越萬里關山，不只千里，住幾天、陪一段、看一眼，想一年！

微笑前行
樂齡阿嬤走出來

在東京成田機場轉機，我和台灣媽媽分道揚鑣，我要飛華盛頓、她飛芝加哥，揮手道別時，我特別謝謝她：很有緣，一路相伴，分享見聞與生命故事，也祝福她和她的家人健康快樂。我記得李安的少年 Pi 的奇幻漂流《The Life of Pi》裡的關鍵台詞：生命就是一次又一次不斷的放下，只是遺憾，我們常常沒能好好的道別。我很高興機上巧遇這位台灣媽媽，我們這機緣，真的是可能只有這一回吧，我有跟她好好道謝與道別，也在心底彼此默默祝福。

飛華府班機，航程 12 小時 55 分鐘，長途飛行除了吃三餐，我還看了兩部電影《The Life of Pi》與《Argo》，沒睡什麼覺，倒是與鄰座的台灣郎聊了不少，也頗有趣味。這台灣大叔也是我這般年紀，坐五望六吧，他在馬里蘭的 Rockville 開餐館近 30 載，兩個女兒一嫁香港人在紐約，一嫁台灣人在矽谷，都有孩子了，以後他年紀大了，一年來美一趟看孫子。他這一趟回台灣是準備返台定居養老，去年在桃園買房、這次裝修工程發包，暑假換妻子回台工程驗收。這位台灣郎大叔說，他準備把馬里蘭的房子賣掉（20 多年前 22 萬買的，現值 62 萬美金），然後把餐館頂讓結束掉，準備退休，因為兄弟姊妹親戚朋友都在台灣，不回台灣要留在美國做什麼？

台灣大叔說他的父親是青年軍,早年服務於警界,住中和,當年環境苦,大家都克勤克儉、捨不得有個什麼享受,現在生活環境改善了,父親卻不在了,還享受什麼?所以,他要返台養老,遊山玩水,親朋好友泡茶品茗,要捨才有得,奮鬥30年告老還鄉,可以賺到後半輩子的快樂。

「有些事,只能一個人做。有些關,只能一個人過。有些路啊,只能一個人走。」龍應台在一次蔡琴演唱會後寫了篇文章,提到生命與情緣,生命裡山路曲折,有些關卡只能一人獨行,獨自承擔,我們要把握當下情緣。我此行雖單飛,一個人走,但慶幸有伴結緣,台灣媽媽、台灣大叔和我偶然相逢在機上,相逢自是有緣,每天機場飛機起降忙碌,行旅匆匆,許多的生命故事在此輪番上演,線條交錯,光輝相映,我們也是其中交會的一個小光點,越洋探親,家人相聚,那美好的片刻,在生命中便是永恆。

我飛奔華府,下飛機看到小潔恩,四個月不見,長大不少,七個月大、快20磅重,抱起來沉甸甸的,已經會伊伊哦哦叫媽媽,吃水果泥,一骨碌翻身滿床轉,白裡透紅的團團臉,笑起來兩顆牙齒都看不見。我帶來許多小潔恩的禮物,磨牙餅乾、學步鞋、衣服、帽子和玩

具,下一趟見面,恐怕都會走路了吧?只不知下一趟飛機,又會有什麼巧遇奇緣?

　　　　　　寫於 2013 年 5 月 4 日旅途中
　　　　　　擬赴大寶愛荷華博士畢業典禮

說棄老，《楢山節考》

　　退休老人最近在台北「行情」很差，尤其退休軍公教一族，坐領退休金、耗費公帑、拖垮國家財政，幾乎成了民眾公敵，人人喊打（打擊高階特權）、個個要砍（砍掉年終慰問金），退休公務員果真是社會「罪人」嗎？這時節若說「家有一老，如有一寶」，顯得格外諷刺，社會氛圍似乎是：老人退位，我們不需要尸位素餐的老人！老人浪費糧食，快快消失吧！這讓我想起《楢山節考》這部有名的日本電影：「棄老」。輕鬆一點，咱們別劍拔弩張，喊打喊殺的，來看看電影、說說故事吧。

　　曾獲坎城影展金棕櫚獎的 80 年代知名電影《楢山節考》，係改篇自深澤七郎的小說，描述日本信州一個小山村，那裡的居民因貧困、糧食不足、為群體生存與族群延續而沿襲著「棄老」的傳統，村裡老人一到 70 歲，不論健康與否，都要被子女送上楢山去等死，不要再浪費糧食，影響年輕人生存。

微笑前行
樂齡阿嬤走出來

　　《楢山節考》電影裡的阿玲婆 69 歲了，身體硬朗，不願成為兒子的負擔，在安頓好家裡大小事之後，百般折磨自己的身體，好讓兒子安心送她上路，最後在白雪皚皚中，長子辰平將母親揹上山去。這故事探討的是生存的尊嚴與抉擇，也探討人性與生命的意義，頗具震撼性與啟發性。

　　「棄老」習俗真有其事，在九世紀的日本文獻就有記載，這古老的習俗與食物和生命延續關係緊密，因為只有限制人口，糧食才夠用，足以延續個人與群體生命。戲裡探討的人性包含自然慾望，食慾和性慾，以及人的道德良心，本性。電影透過殘酷的「棄老」習俗，探討自然之性與人性兩者間的掙扎，個人行為與社群集體行為的衝突，在最原始的生存需求下，人類與動物有何差別？

　　為了生存，在艱困貧瘠的環境下，人們制定的群體規則令人印象深刻。電影一開始，有個男嬰被丟棄在田間，原因是這個族群中，除長子有存在價值，其餘的男嬰只會影響食物平衡，只好捨棄。還有，阿玲婆的次媳娘家，因食指浩繁、糧食不足，不得已去偷竊他人地瓜被逮到，結果包括出嫁的女兒（阿玲婆已懷有身孕的次媳）全家都被活埋處決！群體生存的規則，不容破壞，

公審的殘酷制裁，無法反抗，狠心嗎？在這時候，人與野獸幾無差異。

但人畢竟不是禽獸，道德良知仍在。對於70歲上山等死的宿命，阿玲婆很認份，她淡定的安排次子續弦、教導長媳捕魚技巧，（很絕的，她教媳婦河邊捉魚技術，還叮囑不要將這「生存絕招」告訴男人，充份反映出女性最終仍需獨力解決家庭生計問題，女性才真正是一家之主，而男性只負責勞動、傳宗接代和揹長輩上山而已。哈。）阿玲婆怕自己太健朗，還敲壞自己健康的牙齒，希望食欲差些、少吃點食物、身體差些可早點上山去。但阿玲婆長子掙扎又猶豫，百轉千迴，不願揹老母去等死，反倒是阿玲婆自己堅持一定要上楢山，兒子只得從命，依循村人團體規則行事；長子想到自己年輕時，因為父親不願揹老奶奶上楢山，自覺十分羞恥而怪罪父親，多年之後，輪到他要揹著身強體壯的娘親上山，走在上楢山的路上，他才體會到父親當年的心情！個人思維與群體規則衝突時，是順服？是逃避？還是反抗？或許只有無語問蒼天吧。

電影中最震撼人的畫面是，故事最後：大雪紛飛，一片白茫茫的大地，天地蒼茫，長子揹著阿玲婆上山，途中遇到一個鄰人也揹老父上山，那老父親不願被棄，

微笑前行
樂齡阿嬤走出來

兒子只好將他五花大綁，到山頂後，為防老父跑回村子，便將不斷吼叫哀嚎的老人丟下深谷！相對於這「不文明」的手段，阿玲婆算是「有尊嚴」多了。阿玲婆被長子揹上楢山，一路上母子無言，直到山頂，兒子問她是否留下飯糰？她不要，兒子默默下山，獨留老母一人在大雪蒼茫中，那空中還有禿鷹盤旋，正等著吃人屍身呢！

《楢山節考》的導演金村倉平為拍此片，親自到日本東北部拍攝農民的生活，他花了好幾年時間，去捕捉戲中的春、夏、秋、冬景色，大自然的循環不息，四季演變，猶如人的生、老、病、死。電影最後一幕，當長子辰平的母親在山上將要死亡之際，山下的居民中就有兩個小生命快要誕生，正是生命循環的象徵。這電影看完有點沉重，四季遞嬗、生命循環不息，一定要強迫老人死亡、才能迎接新生命降臨嗎？很慶幸「楢山棄老」只是個古老的日本習俗，不是此時此刻本地真實現象，我們的生活也沒有艱困到必須「裁減」老年人口以減輕負荷，退休銀髮族放心，目前只是刪減了過年紅包而已啦！人在，平安就好，倘若人都沒了，還爭個什麼「年終慰問金」哩。

暑假來美之前，學校一位剛退休的姊妹淘同事不幸

病逝，讓我難過許久，認真工作30多年、60出頭退休，才要開始享受「第二春」，結果讓大家驚愕地忽兒就走了！日前驚聞一位長官夫人遽逝，也是才60出頭，還不到垂垂老矣，這麼早告別人生舞台，真遺憾。我想著她們兩位，心裡隱隱作痛，長官夫人與我很投緣、相處融洽，去年秋天我到醫院探望動過手術的她，今年初還去家裡拜訪過她，我暑假來美之前也通過兩三次電話，不是才說好要找時間再敘的嗎？怎麼就不告而別了？那學校的老同事更是讓我徒留遺憾，以為退休後有許多機會再聚，現在許多話都不知對誰說啊！

看台北政壇紛擾，退休人員幾成過街鼠，再驚聞老友驟逝，感慨係之，心情低盪。老人要自愛啊，曾經努力奉獻大半輩子，璀璨過後還有餘暉，就韜光養晦吧，退休人要有自知之明，要學會養老，健康是至寶，有了健康才能找朋友，才能享天倫，現在不必被揹著上「楢山」了。

寫於2012年11月6日，2024年70將屆，重讀有感。

你聰明，我傻瓜，重看《阿甘》有感

　　日前在電影台重看《阿甘正傳》（Forrest Gump），沒想到多年後重看這片子，依然讓我心頭翻攪，感慨良多。電影中有句名言至今仍為人津津樂道：「人生有如一盒巧克力，你永遠不知道將嚐到哪種口味。」（Life was like a box of chocolates. You never know what you're gonna get.）人生啊人生，究竟是你聰明？我傻瓜？還是寧可當個純真的傻瓜幸福呢？

　　電影中的阿甘是虛構的，但阿甘精神卻是真實的！我想，像阿甘一樣不爭不辯，腳踏實地做該做的事，才是真正的生存之道，王道與天道！我更相信：「心寬，不傷人；念純，不傷己。」用包容的心對人對己，一切更能自在。

　　《阿甘正傳》改編自同名小說，榮獲 1994 年度奧斯卡最佳影片獎、奧斯卡最佳男主角獎、奧斯卡最佳導演獎等六項大獎。片子透過智商 75 的阿甘來觀看世界，以他單純的思想及善良的個性，描繪出美國 50 年代至 90

年代的歷史變遷。雖然40年間，美國歷史有巨大變化，但弱智的阿甘突破智能限制，以一貫的誠實以及天生的直覺行動，反倒開闢了一片天地，這是「天生我材必有用」的最佳例證。

二次大戰剛結束，阿甘出生在美國阿拉巴馬州綠弓郡一個閉塞小鎮，他先天弱智，但上帝又賜予他一雙疾步如飛的飛毛腿和一副單純正直、不存半點邪念的腦袋。小鎮上的人都對阿甘另眼相待，只有兩位女性關心、愛護著他。母親給予他偉大的母愛，青梅竹馬的玩伴珍妮則以純真的少女情懷溫暖著他的心。在她們的愛護下，阿甘長大了。帶著對珍妮至死不渝的愛戀，踏上了極不平凡的人生旅程。

阿甘經歷了整整30幾年間美國所有重大事件，他參與了50年代至70年代美國的一些歷史事件。他與當時幾位叱吒風雲的著名政治人物會過面，其中包括甘迺迪、詹森、尼克森三位美國總統。他還教「貓王」學跳舞。他既是越戰英雄，又是反戰英雄。在風起雲湧的民權運動中，他瓦解了一場一觸即發的大規模種族衝突，他甚至在無意中逼使潛入水門大廈的竊賊落入法網，最終導致尼克森垮台。作為乒乓外交的使者，他還到中國參加過乒乓比賽。透過阿甘的眼睛看到的是另一個世界：

微笑前行
樂齡阿嬤走出來

人生有如一盒巧克力，你永遠不知道你將會嘗到什麼口味？

阿甘以一個弱智者經歷越戰、乒乓外交、捕蝦船長、長跑者而成為全國名人，在這個小說改編的虛構故事裡，除了母親離世、心愛的女人最後也因病早逝之外，阿甘可說是「天公疼憨人」得到一切，成為標榜人人平等、人人可能成功的美國夢的一次微觀展示，但《阿甘正傳》想傳達的的成功秘訣究竟在哪裡？

是真誠？是勇氣與毅力？是重情重義？是永遠樂觀、永不記仇？都對。片中阿甘完美得讓人毫無防備，也無須防備。他甚至沒有因為自己弱智而發過脾氣，只曾為心愛的珍妮而痛毆過打女人的男人。重點是，他夠單純。「真誠」、「忠勇」、「情義」、「樂觀」、「寬容」這些德性對他來說無關「道德」，他只是單單純純地具足並實踐這些。阿甘為人處事不是透過高深的知識與什麼特別的思考，他只是個單純的赤子，不傷人、不為己，純真善良地對待所有人罷了。

阿甘參與越戰，他的同袍阿布跟他說，以後要當船長兩人合作去捕魚蝦，後來阿布在戰場殉難，阿甘一直惦記著此事，退伍後積極買船捕蝦，幾經周折，事業有

成,還依舊分紅給阿布家人。這是不畏艱難,勇往直前,天助自助啊。同樣的,阿甘在越戰時部隊的直屬長官,斷了腿住在醫院隔床,長官痛苦又憤怒,認定人各有命,命運是注定的,但阿甘依然快樂的拿冰淇淋請他吃。阿甘心裡想,冰淇淋是好吃的,斷了腿無損於這個事實,活在懊惱中也無濟於事。後來阿甘甚至還鼓舞了這位長官重新站起來,合作經營補蝦船,一起賺了大錢。

專心真誠又執著的阿甘,無意間學會打桌球,打著打著竟然可以打敗天下無敵手,代表國家從事「乒乓外交」成了大英雄;後來當珍妮再度無故離去,阿甘開始沒理由的慢跑,跑了一州又一州,橫越美國數次,三年多不停止的慢跑,蔚為風潮,鼓舞了許多人,但阿甘依然只是單純地想跑就跑,想停止就回家,只為興趣執著去做而已。

如果一個人總是把事情想得太複雜,覺得這不可能,那很困難,而不靜心來想想自己想要做什麼,那就什麼也無法達成。例如阿甘的天真對聰明自恃的人而言是種殘忍,但他卻真實地、自在地實踐著「活在當下」的理念。

一個世俗認定的「傻子」,竟比你我「聰明人」少

了多少偽飾與障礙？阿甘真是無罣礙的，他有情有義，心靈純善，每一個心念都是愛，佔有、得到與否反倒不重要，他坦然面對現實人生的律動。珍妮臨終前兩人談到阿甘多年來歷經的事件與感受，珍妮說：「真希望我那時都在。（I wish I were there.）」阿甘頓了頓，說了句有意思的台詞：「你在。（You are.）」珍妮自命前衛激進，但經歷大半生，仍除不去童年心魔，無法原諒父親，還含恨燒掉老家，有恨就難寬容，終究無法灑脫；相對的，阿甘用包容的心對人對己，心存善念，永遠感受得到珍妮在心中、在身旁，沒有恨意、沒有怨尤，一切自然更自在。

《阿甘正傳》這部片讓我看到一個智能不足者，因為有堅定的意志和不屈不撓的精神，「心寬，不傷人；念純，不傷己。」他用寬容對待身邊所有人，把每一次與人相遇都當成傳達溫暖善意的好時機，所以生命就有了和諧美好的回報。你聰明？我傻瓜？我真要為阿甘精神喝采，也願意效法阿甘，寧作傻子，心寬念純，善意對人對己的過一生！

往日情懷留心田

　　大寶女兒英年早逝,最是哀痛逾恆的,莫過於她的至親骨肉與手足,夫婿、女兒、父母和弟妹。我們雖明白,凡事都有定期,「生有時,死有時;栽種有時,拔出有時。」我們接受大自然的花開花落和生老病死,都是「自然,常態」。但老爸老媽從過去到現在一樣寫信給大寶,我們把往日情懷留心田,愛永不止息。

大寶的最後一張獎狀

　　我的大寶女兒又獲獎了,在她離世半年後,再添殊榮,美國國務院外交學院(Foreign Service Institute of the Department of State)的 Franklin Award 富蘭克林獎。FSI 的官員特地送獎到府,由家人代領,這是大寶的最後一張獎狀,我們深深為大寶而驕傲,與有榮焉,深感榮耀。

　　去年年底,我們在美東維吉尼亞寒風冷冽、大地蕭瑟中,哀痛逾恆地送別大寶,想到她是如此優秀認真,卻遽爾離去,壯志未酬;想到她獨留 TV 二稚女與摯愛,必定遺憾滿懷,淚水不斷;想到她萬般不捨的家人師友們,大家談起她又含著眼淚,滿是美好回憶。生命果然是充滿喜樂、祝福與啟示,相信一切自有上帝的美意,面對上帝的美好安排,我們要勇敢上前,微笑以對,接受試煉。

　　當我們為大寶辦完追思禮拜、安息禮拜、長眠墓園後,今年元月初,在大雪紛飛中,爸爸媽媽先行返台,行前去和大寶道別時,新喪的椎心之痛仍難遏抑,淚水

才剛拭去，馬上又再湧出，老媽是一路紅著雙眼回到台北。為了存歿兩安，儘速回復正軌，台美兩地的家人都很努力，大大小小都照常的上班、上學，吃飯、運動、休息、上教堂、過日子，生活如常運作，日復一日，就如大寶在時一樣，只是我們的心裡空了一大塊，這風洞恐難填補吧。

於是這暑假一放假，阿公阿嬤就趕著飛來探望 TV 寶貝，半年不見，娃兒有長高也長胖了些，學期結束成績報告也都表現優異，令人欣慰。天天阿嬤給小姊妹倆梳頭髮綁辮子，為她們準備三餐，陪她們做功課、上圖書館、去水上遊樂場、逛市集、打牙祭，也幫她倆刷洗舊書包、買新背包新球鞋……。當然還每星期一起去看看她們媽咪、我的大寶女兒。這一趟訪美，我們自然也造訪了大寶的幾位知心朋友與同事敘敘舊，大寶的老闆甚至還來家裡，和兩娃兒談心玩耍歡聚一下午，格外感人。

最感人的是，在我們返台前夕，FSI 長官特地送來大寶去年工作績優的獎項 Franklin Award 富蘭克林獎。當天，七月二十一日上午特地送獎到家，還為孩子解說獎項的意義與大寶的傑出貢獻；下午，在 FSI 正式頒獎典禮上，外交學院院長還特別向全單位同仁介紹大寶獲

微笑前行
樂齡阿嬤走出來

獎，並緬懷她，為我們全家祝福。大寶，你永遠在我們心底，我們愛你，我們為你驕傲。

以下是大寶過世告別式上的大寶生平記述，是老媽親自撰稿、小弟英文翻譯，並親自上台為姊姊做中英文的行誼介紹。

黃懿慈生平記述　　媽媽撰文 / 2021/12/23

黃懿慈，一位心慈仁善、認真負責、勇敢堅毅，對生命充滿熱情與愛的可愛女士。她是一位備受肯定與讚揚，受眾人愛戴的好老師、好員工、好同事、好媽媽、好妻子、好女兒、好姊姊。

1979 年，祖籍金門的懿慈，出生於台灣台北市，10 歲之前在三重度過快樂童年，在外公外婆、舅舅舅媽和父母親滿滿的愛與呵護下長大。

1989 年，遷居內湖，就讀於內湖國小、麗山國中、中山女高、台灣大學政治系國際關係組，至 2001 年大學畢業。求學歷程中，懿慈自律自制、力爭上游、表現優異，每一階段皆受獎無數，包含外交部外交獎學金在內。

2002 年，懿慈負笈美國，進入加州聖地牙哥大學

UCSD 專攻國際關係與太平洋研究；2004 年獲得碩士學位，旋即任職於舊金山星島日報擔任記者。2005 年因病返台調養身體，並赴衛生署國際合作處擔任秘書；同時間公餘又返台大修習中文教學學分，也為《天下雜誌》撰寫國際趨勢專欄，將每月一本英文新書做八千字的中文摘要介紹與分析，有一年的時間。

2006 年，懿慈再度赴美，到愛荷華大學 UI 攻讀第二語言習得與教育研究碩士學位，2008 碩士畢業再進博士班，2012 年終於獲得博士學位最高榮譽。

2013 年元月，懿慈開始在國務院外交學院語言訓練中心服務，至今九年整。工作上，她無論教學、研究、教材編製、學生輔導、論文發表、創意研發、團隊合作等等，都有傑出表現與成就。在 2014、2017、2019 年分別獲得 Franklin Award 與 Meritorious Honor Award（兩次）的殊榮，她是外交學院最優秀的老師。

在家庭經營方面，懿慈在上帝安排下，遇到真愛，2010 年在德州達拉斯與陳港元結婚。2012 年 9 月長女潔恩出生，12 月遷居維吉尼亞；2014 年 10 月幼女維恩誕生，四口之家，和樂溫馨。懿慈用心育兒，親自哺乳，教養女兒，無論日常生活、課業學習、健康體能、藝術

涵養、乃至宗教信仰，都細心指導，她傾盡所有愛孩子。她也愛丈夫、愛父母、兄弟、姊妹、乃至她的老師、長官、同事、同學、友人，她為身邊所愛的人們付出一切，相信大家也都感受到了她的熱情與愛。

生命有限，愛無止息。懿慈，感謝你帶來的美好與愛，謝謝你，我們也都深深的愛你。願你安息。

黃懿慈 Amy Yitzu Huang （1979.09.07—2021.12.15）

Amy Yitzu Huang's Life and Career

by Tony Hsien-Kuan Huang

Amy Yitzu Huang is a warm-hearted, responsible, and courageous woman who is full of passion and love for life. During her life, she has been appreciated as a successful teacher, hard-working employee, friendly colleague, loving mother, great wife, good daughter, and caring sister.

1979, Amy was born in Taipei, Taiwan. Before 10, she was raised in Sanchung with her family. Her childhood was full of love and care from her parents and grandparents.

1989, Amy moved to Neihu with her family. Until she graduated from her undergraduate study, She had studied at Neihu Elementary School, Lishan Junior High School, Zhongshan Girls High School, and the International Relations Division of the Political Science Department at National Taiwan University. She had been self-disciplined and outstanding during her time as a student. She had been awarded in every academic stage, including a scholarship from the Ministry of Foreign Affairs.

2002, Amy continued her studies in the US. She majored in International Relations and Pacific research at UCSD and acquired her first master's degree in 2004. Afterward, she worked as a journalist for Sing Tao Daily in San Francisco. 2005, Amy went back to Taiwan due to her health issue. For a year, she worked as the secretary for the International Cooperation Department of the Ministry of Health and Welfare. Meanwhile, she returned to NTU and started to study Mandarin Education while working as a column writer for CommonWealth Magazine.2006, Amy went to the states again to study in the graduate program of Second Language Acquisition at the University of Iowa. After she obtained her second master's degree, Amy kept on moving forward to her doctorate. Finally, in 2012, she became a doctor of Philosophy in Second Language Acquisition.

Began in January 2013, Amy has been serving as a Mandarin teacher in the Foreign Service Institute of the Department of State. Until now, it has been 9 years. During these 9 years, whether it was her teaching, research, teaching material compilation, student counseling, paper publishing, creativity development, or teamwork, she delivered beautifully with outstanding achievements. In 2014, 2017, and 2019, Amy was awarded the honor of the Franklin Award once and the Meritorious Honor Award twice. She has been one of the most remarkable teachers at the Foreign Service Institute.

As for her family, Amy met her true love under the arrangement of God. 2010, She married Gary in Dallas, Texas. Their first daughter Joanna Chen was born in September 2012 and they moved to Virginia at the end of the same year. In October 2014, their second daughter Evelyn Chen was born. From daily life, school work, physical education, art, and religion, their daughters are able to grow up happily and become well-educated because of the care and love from their parents. Moreover, she loves her husband, parents, siblings, teachers, supervisors, colleagues, classmates, and friends. She has been giving all she has to her loved ones. And I believe that we can all feel her passion and love.

Life is always limited while love is not. Amy, thank you for bringing love and joy to us. Thank you. We love you deeply and sincerely as well. We hope you rest in peace.

Amy Yitzu Huang (1979.09.07—2021.12.15)

微笑前行
樂齡阿嬤走出來

母女陳年情書閒話人生

2022年6月底學期結束我在家清理資料，由於COVID-19新冠病毒不斷變異，疫情再起，因而學校採線上教學與實體授課並行，教學與評量更形繁複，我一邊整理著教學資料，無意間翻到2006年大寶女兒二度赴美，負笈愛荷華時，7月8月9月我寫的三封家書，往事歷歷湧上心頭，看得我淚眼模糊，一時間無法自已。

那時候大寶女兒正當花樣年華，剛從加州大學聖地牙哥分校拿了國關碩士（2004.06）、到舊金山星島日報擔任記者、因失戀返台卻發現罹病（2005.05）、一邊調養一邊工作、又返校修習學分、調整步伐再出發，飛往愛荷華（2006.07）。她很勇敢、十分堅強，努力為自己打造青春夢想，忙著念書、拿學位、找出路，也交朋友、覓良緣。老媽在三封家書裡叨叨絮絮談的是女兒長大展翅高飛，媽媽無限的惦記與牽掛，那瑣碎的日常平凡事兒，心心念念，殷殷叮嚀，盡是永世不渝的親子之愛，母女情深啊。

大寶女兒2006到愛荷華之後,很順利地2008碩士畢業再攻博士;2010於德州達拉斯結婚;2012獲得博士學位,又生下長女潔恩,同時也拿到國務院外交學院的工作,並於年底搬家到維吉尼亞,2013元旦開始工作,2014次女維恩出生,家庭與工作一切都如常的運轉前進,我們滿心感恩惜福。但遺憾的是,大寶女兒2015甲狀腺罹疾手術,恢復良好,不意在2021年底竟因胃疾遽爾英年早逝,讓爸爸媽媽、夫婿港元、弟弟妹妹和兩個稚齡幼女哀慟逾恆。現在再看這三封家書,更添萬千感慨,無奈世事無常,唯親情是真,情愛永存!

哀傷的媽媽 2022.06.30. 補記

★女兒再次出國,老媽淚流不止(2006.07)

阿寶:

　　現在是台北時間七月十三日晚上九點半,我和小多看了電視新聞碧利斯颱風是無風也無雨,明天上班上課一切正常,然後我們又一起看了一會兒「神鵰俠侶」解解悶兒。

　　你從日本轉機飛洛杉磯已經六小時,現在大約是行程的一半吧。你是不是正在睡覺?早上你礦泉水沒帶

去，芭樂和葡萄也沒放進袋子裡，早餐的麵包可吃了？手腳還冰冷嗎？

　　下午兩點半多快三點的時候，小賴來電說你到東京了，有上網，請她電話通知我放心，原本一直在等電話的我，早已電詢過聯合航空，以為你會打電話回家，這時候一聽小賴的話反而哽咽答不上話，趕緊去開電腦到網路上找你了。

　　早上看你進檢查站，我的眼淚就忍不住開始流，想到此去一路上你自己一個人，必須從台北經東京、過洛杉磯到聖地牙哥，停留個幾天再繼續千里單騎，經丹佛到芝加哥、最後才到愛荷華，繞過地球大半圈可真是遙遠啊。在那從來沒去過的陌生地，天候不比台灣和加州，環境的適應是我最不放心的，再加上讀書的壓力，就你一個人隻身在外，蒼茫天地多遼闊，家人遠在萬里外，你吃什麼？穿得暖？藥記得吃嗎？書念得如何？許許多多的牽掛，讓我的心緊緊糾結著放不開，就只能藉著眼淚來釋放憂心了。

　　回家看到客廳沙發上你做瑜珈的兩根滾輪沒帶，防紫外線陽傘也沒帶，我忍不住把你房間裡的物品一一整理歸位，房間少了你平日的凌亂和化妝水味道，感覺既

空曠又不習慣，走到窗邊眼淚又止不住。其實，今天一整天我一直在擔憂傷感中斷斷續續的哭，小多笑我雙眼皮變成單眼皮，而且成了腫泡的三角眼，他一路上就一直拍拍我肩膀，要我不要哭。老爸也安慰我，你又不是第一次出國留學，而且你們三個遲早都要振翅高飛，他會回來陪我的，聽得我更感傷。

你知道四年前你第一次赴美，我也哭得唏哩嘩啦，那時候是單純的掛心，必須放手讓你飛翔，卻又擔心你年輕不懂事受到傷害，結果你很勇敢的應付了過來，書念了，學位拿到了，也增長了見聞。只是令人心疼的，是這一段時間你談了場戀愛，跌跌撞撞的，算是命運捉弄人，得個經驗也好吧。結果你辭了工作，回到台北，不只人暴肥、又生了大病，免疫系統出問題，天地一時間完全變了色，我和老爸焦慮得四處找資料，詢問因應之道，我還偷偷哭了好久，現在總算走出了那一段陰暗的日子。

今年你又要到美國，狀況當然不同於四年前，健康第一，學業其次，書慢慢念，知道自己想做什麼、在做什麼就好，別給自己壓力。至於交朋友就隨緣，要懂得保護自己，別讓爸媽操心。記住老爸告訴你的，靜下心來想清楚，規劃好生活，健康、家庭、學業，不要急，

微笑前行
樂齡阿嬤走出來

放慢腳步,做自己就好。

我告訴我的學生要有「三A的人生觀」,就是指Aim、Action、Attitude,要有目標,要有執行力,態度更重要。我想對自己可以如此看待與要求,看人交朋友也一樣,能夠有宏遠的視野有遠見,有操守有好品德,又能有擔當,有執行力的就是可交往的人了。

說了好多,希望你照顧好自己,隨時和家裡聯絡,我們是你最堅定的支持者,是你最重要的親人,是無條件愛你的人。希望你一到美國就看到這封信,多保重!

老媽 2006.07.13 深夜

於台北間歇風雨中

★生命的風景,緩步靜心欣賞(2006.08)

阿寶:

時間過的真快,你七月十三日赴美,至今一個月匆匆飛逝,你放心,我沒有繼續掉眼淚,只是忙忙碌碌中,依舊掛心而已啊!

從你七月十三日先到聖地牙哥,我就一路跟著你的

行程表，數算著你該到哪兒了，然後聯絡詢問是否身體適應良好，以前的家當用具整理寄到愛荷華沒？接著二十日你再繼續航程飛往愛荷華，我的心也跟著你飛到這個新的陌生地去了。從你拍的照片看到聖地牙哥、丹佛到愛荷華，一路的人事景物，令人印象深刻的圓形玉米田，耕作後成了四分之三圓，廣袤大地上一個一個的綠色幾何圖形，煞是可愛！那兒該是個富庶又純樸的地方。

　　到了新地方，你認識了新同學，布置了新房間，買了二手車，找到了游泳運動場地，還熟悉了銀行、購物地點等等。我看你忙碌著一件一件準備好新學期讀書的事兒，也覺得安心不少。只是愛荷華天候稍涼，不久就會進入大雪紛飛的冰雪冬寒季節，你要先做準備，禦寒衣物、被褥、鞋襪、車子屋子的暖氣等等，都要去問好辦好。更重要的是醫生，已經聯繫到了嗎？原來的用藥繼續服用，有沒有問題？飲食營養要均衡，運動、睡眠要充足，懂嗎？

　　至於爭取助教的事，我想就順其自然吧！所以，參加英語口說SPEAK考試的事，也是順其自然吧！你對考試一向容易緊張，患得患失，常常考試失常，別給自己壓力了！放寬心情，反正學費已經有準備了，有助教最

好,沒有也無所謂,多一點時間做自己的事也可以。書可以慢慢念,事情也可以慢慢做,不必強求。記得我以前說過的「有些事要趕快,有些事要等待!」健康、家庭不能等待,所以保留時間運動健身,把握時間珍惜親情;至於讀書學位、事業功名、緣分婚姻,不必急切,順其自然,盡力就好。

你看,青春期的小多,忙著生氣,前天為了理髮師給他理了一個不如意的髮型,他生了一整天的氣;今天早上又為了早餐只有稀飯、肉鬆與罐頭食品,偏偏早餐店又週日休息,他也生氣沒吃早飯;他說暑假天氣太熱,電腦又被老爸帶走,沒得玩,成天就像隻「熊」,只有關在房裡吃和冬眠!十三歲的小男生,想長大偏又無法獨立自主,想飛卻羽翼未豐,心思無法沈靜下來,煩啊!但是,長得快又高,只忙著治療青春痘,忙著看書打球練體力,不用煩心家計與國事,青春期多麼單純又逍遙呀!不是嗎?

昨日我到超市購物,卻突然間想不起要買三件東西的第一件,只記得要買耳挖和買麵條,一直苦思不出第一件物品,後來打電話回家問小多,原來是浴室用的「按飄香」,等我買好結帳,回家路上腦子裡又是一片空白!真擔心,我該不會得了「老人癡呆症」吧?向來以記憶

力超強的「小電腦」自居自豪的「王小真」，現在竟然記不起眼前要買什麼？這豈不可怕又可悲啊！老爸說年過五十，這是正常現象，他都用便條紙幫助記憶，以防遺忘。老爸要我多寫東西，多運動，少操心。小多要我多打電腦防癡呆，他常在車上跟我比賽背誦李白的「將進酒」和曹操的「短歌行」，這是我們兩個去年暑假的功課之一，他每次都一口氣完成，背得快又好，我卻拉得長還要他提示，真是老囉！不中用囉！記憶力大衰退。我現在就羨慕老爸的長官陳伯伯，軍職退休三年多，已經玩遍五十個國家，每次蒐集資料、做好準備、快樂出門，一趟回來話題又多許多，記憶深刻又難忘！這樣一點也不會「老人癡呆」。

或許這就是人生列車所經過不同的「生命風景」吧！青春期的小多，青年期的大寶，中壯期的老爸，提早退休的老媽，快樂退休期的陳伯伯，不同階段不同的風光，但我總以為「萬物靜觀皆自得」，「落花水面皆文章」，四時都是好時節啊！可不是？雲淡風輕，花落水流是悠閒，驚濤裂岸，濁浪排空是壯觀，朝霞或暮靄都值得駐足。你，就放慢腳步，慢慢欣賞生命的風景吧！靜心，緩步，留神。

老媽八月十三日中午於台北家中

微笑前行
樂齡阿嬤走出來

★有些事要等待,有些事要趕快(2006.09)

阿寶:

　　很快地時序已轉入秋,我看你的部落格上愛荷華的天氣,這星期天已經下降到華氏46度至77度,也就是攝氏的8度到25度,而下星期又再往下降到低溫華氏37、38度,高溫也只有華氏58度、60度,這等於是攝氏的2度3度到8度9度而已呢!好冷,這可是在台北冬天都少見的低溫啊。你要小心注意,帶去的棉被、冬衣、鞋襪是否足夠保暖?若有需要就趕緊去添購準備,千萬別著涼冷到了。知道嗎?

　　我們瓏山林家中小院子裡的美人樹八月中開始開花,早已是滿樹桃紅,豔麗多姿,可惜上星期下了一星期的雨,花瓣飄零一地,但依然樹姿英挺,從二樓窗口陽台看去,滿眼綠意帶著幾抹紅豔,夾著鳥聲啾啾,真是愜意啊。前年暑假的大颱風社區許多大樹被吹倒,我們家的美人樹現在可是巷子裡唯二的了,很神氣、很寶貝呢!小花圃裡的桂花、茉莉、樹蘭、夜來香都會不時綻放,香氣迷人;老爸近日又將草坪重新鋪上韓國草,你的非洲菫移植到桂花叢下,小多的球蘭則攀在台階竹

架上，跟了我們二十多年的金門榕樹盆栽也換了新花盆，內湖雨水充足，空氣清新，所有植物都生機蓬勃，生氣盎然。我現在都會定期修剪九重葛，還會施肥、除蟲，等冬天你回家時，一定還是一院子綠意盎然的。

九月份大家都開學了，小多這學期社團沒選到桌球社，只能上書法，還被選為社長，他自己說不知道是喜還是憂，我給他買了全套書法用具，筆墨、字帖、墊布、筆架、紙鎮、護筆、竹捲，一應俱全，老爸要他好好把握機會練練字，我也希望他可以練字養氣修身。開學量身高體重與視力，小多確定已經比你、比老爸都要高了，他很得意，每回進電梯照鏡子，就要我抬頭挺胸，不然就更矮小了。

小皮還是一樣天天在實驗室裡忙，依著她自己的軌道在走，每半個月就和小多一起買「元氣」漫畫搶著看，隔些日子會租「CSI 刑案現場」回來和我們一起分享，邁阿密的已經全部看完，最近改看拉斯維加斯的，不過平時小皮功課可是忙不完的，天天抱著 paper 上床呢。

我退休之後，心情調適不錯，星期二打太極，星期三練瑜珈，回校兼課每週一二四五各有半天課，一週上十一堂課，比起以前兼行政主管壓力大、專任課務多，

微笑前行
樂齡阿嬤走出來

現在真是天堂了。在學校上課之外當義工，心情也很好，助人又能被肯定，何樂不為？

上個月我告訴你，生命自有其節奏，好好體會、欣賞「生命的風景」，每一階段都有樂趣，但是，看到你忙碌於課業，看到你在生活中奔波勞頓，又看到你堅強的一一克服大小難題，我也忍不住既掛心、又心疼，惦記不已。不擅言詞的老爸對你到美國之後的生活起居、健康狀況、學業、交友都很關心。他要我轉達關心之外，叮嚀你「多注意健康，交友要謹慎。」老爸說，冬天需要的、該買的，不要忘了快去準備。至於交友，他說「容易得到的，不會珍惜。交朋友要慢慢觀察，瞭解他的人品、為人、人生觀，瞭解他的背景、家庭、價值觀，然後再仔細考慮未來發展，不要急。」以上可是我原音照錄，沒有加工喔。

我這些天讀錢復夫人田玲玲的新書《優雅的智慧》，書裡田玲玲提到她母親的叮嚀：「有付出，人家就要有回收。如果不覺得有緣份，不要輕易誤導別人。比如說，答應跟對方單獨看電影，對方可能就以為你對他有好感，但要是同學一起去，費用一起分攤，就沒有關係，貪小便宜會吃大虧的。人家有好意時，自己要斟酌有沒有可能。感情的事，不要傷自己，也不要傷到別人。」

這些話似乎是老古董的老生常談，但仔細想想：感情的事，不要傷自己，也不要傷到別人。如果不覺得有緣份，不要輕易誤導別人。這不也是「厚道」？

我以前曾經告訴過你，「有些事要等待，有些事要趕快」、「有原則不亂、有計畫不忙、有預算不窮」這兩句話，談感情與婚姻抉擇、論生涯規劃與工作選擇、講交朋友與人際關係、說健康與運動……，這許多事兒何者該趕快？何者可以等待？聰明的大寶可別當傻瓜糊塗啦！你自己的人生，老爸老媽是很關心，有時候也很擔心，但畢竟沒法替你做決定呀。請你謹慎小心，莫用左腳絆倒了右腳。

我也曾說過：真情是值得等待的。大寶是單純善良的，因而必須提醒建議你要小心，「發乎情，止乎禮」，有一個界線在心裡放著。這就是「分際的拿捏」，希望你深思。總而言之，重點就是：交朋友有三部曲、四階段，要循序漸進。交友、婚姻、家庭，從同性群友、同性密友、到異性群友、異性密友，不要造次。在交友過程中，要以自愛與自尊去贏得尊重與祝福，千萬別為一段愛情而大張旗鼓，奮不顧身，傷了自己還被鄙夷！多麼不值！

說了這麼多，大寶一定煩了吧？我們全家人都關心你，天氣轉入秋冬，多保重！期中考試盡力就好，別熬夜傷身體，健康第一！其他的事，都慢慢來。總之，大寶，加油！老爸老媽和小皮、小多都為你加油，照顧好身體，功課按部就班地做，凡事莫心急，希望你幸福。

老媽 2006.09.18. 中午於台北家中

愛荷華初雪何所似？

　　今天一早在 MSN 上碰到大寶女兒，看到她的 nick name 是：Iowa snow！我趕緊問愛荷華冷嗎？下雪了嗎？穿暖和了沒？原來愛城今日氣溫華氏 27 度到 41 度，也就是攝氏零下 1 度到零上 2 度，她去溫水泳池游泳出來很暖和，不冷，但下雪了。再問她看到愛荷華初雪興奮嗎？新鮮嗎？雪景如何？大寶說：「沒什麼感覺，像毛毛細雨，但卻是乾的、白色的，就像是頭皮屑掉滿地。」

　　天啊！白雪紛紛何所似？雖然不必如謝太傅的姪兒姪女一般，用白描的「撒鹽空中差可擬」，或有美感的「未若柳絮因風起」，起碼也要詩情畫意一些，怎說是：愛荷華初雪何所似？恰似頭皮屑落滿地。天才大寶太不文雅啦！

　　簡媜的《私房書》有一段札記，文字很美，可以分享。請體會一下文字裡面人和物與大自然彼此相伴，天地間的趣味與生動之美。（鈐印就是蓋章，鈐字唸「前」；苔宣指水田如綠色宣紙。）

海浪研洗過的沙灘，應該有人去走字；雪花覆蓋的野地，應該有鴻爪鈐印；

　　漠漠水田，應該有鷺鷥照鏡；一疋平鋪的苔宣，應該有人去點墨。

　　這樣，天地才不會寂寞。

　　想一想沙灘足印，雪泥鴻爪，鷺鷥點水，田中莊稼。多美啊！

★露從今夜白，月是故鄉明

大寶：

　　這幾天從中秋到雙十，我們連放了好幾天假，但是小多放完假就要段考、小皮也還忙著做實驗，而且爸爸秋節留守，所以我們沒有跟著大家湊熱鬧烤肉。只是看到家裡滿滿的應節食品，地板上「柚」滿為患，一排八九箱，爸爸還又特別從小金門買一箱箱的竹葉貢糖，當做秋節賀禮分贈大家，我趕緊在過節前把柚子、月餅、綠豆凸再送去三重、南港、內湖，分請阿嬤、阿姨和鄰居好友們大家幫忙吃，否則吃不完就可惜了。

　　你從過節前就一直嚷著要家裡寄月餅去愛荷華，我卻沒同意，雖然家裡瓜果月餅很多，但想一想郵寄的

運費和時間，實在不經濟，還好你在同學會和學姐那兒有吃到月餅，可以稍稍解解饞兒。中秋節是中國人講團圓的節慶，杜甫的名句「露從今夜白，月是故鄉明」，寫的正是秋節思念親人與故鄉，你一個人隻身在外，應該慢慢能夠適應了吧？這些天小多連打了三四次電話跟你說話，你也三天打回家四次，就東拉西扯說說現在正做什麼，聊瑣事聽聽家人聲音，或許就很安心滿足了。

還記得四年前你剛到聖地牙哥唸書時，我送你到機場後，從機場回家，在高速公路上一路掉眼淚，看到天上的月亮，就想到白居易的「共看明月應垂淚，一夜鄉心五處同」，那時候爸爸在部隊裡、小皮還在實驗室、你在飛機上要遠去美國、只有小多在車上陪我，我們家五個人分處四地，我實在忍不住「多愁善感」起來。現在卻已經可以「狠」下心來，不寄月餅給你吃，看來我是「務實」「堅強」又「進步」多了。哈哈。

中秋節那晚上，台北的月亮又大又圓，我很想去散步賞月，但是小皮和小多都沒興趣，我只好一個人孤單的出去繞一圈，到「松青超市」買一大罐鮮奶回來。第二天晚上，九點多去機場接你老爸回家後，我抱怨沒人陪我看月亮，老爸果真很義氣，他說十六的月比十五更圓，就陪我到民生公園、民生社區走了一大圈。所以，

微笑前行
樂齡阿嬤走出來

　　我已有體認：你們一個個長大，必然展翅高飛，離我遠去，我不能想要拴住你們，未來只有老爸可以陪我，平時我必須照顧好自己，自己去找生活樂趣才行啊。

　　話雖如此，但我還真的是掛記著你，惦念你這些日子以來忙著做老師的專案計畫，忙著唸書、備課、趕作業，常常在 MSN 上面看到很晚了你都還沒就寢，這是不行的！一定要把時間分配好，緊急又重要的先辦、迫切而不重要的次之、然後再辦重要而不急迫的、最後是不緊急又不重要的事，分輕重緩急、有計畫的做，就不會慌亂與緊張了。當然，「量力而為」也很重要，忙不過來，力有未逮，一定要學會「拒絕」，不要貪心、不要什麼事全攬上身，「超負荷」對你的身心都不利。知道嗎？記住以前告訴過你的馬英九名言：「有計畫不慌，有原則不亂，有預算不窮。」凡事按部就班依序去做，心裡就踏實了。

　　簡此，愛荷華天已甚涼，多保重，餘再談。

老媽 2006.10.10

俯仰無愧不爭名利
（2006年10月大寶赴愛荷華親子家書）

大寶：

　　十月十八日是你到美國後約好看醫生的日子，我在台北數著日子，提醒你要跟三總的大夫先確認就診注意事項，也要跟美國大夫再做事前聯繫。結果，十九日凌晨一點半鐘（你在愛荷華是十八日中午），你一看完醫生立刻就打電話通知我就醫的狀況，讓我放心，因為你知道老媽一直關心著這件大事。天知道，我原想等天亮也就是你晚上時再聯絡的，卻因為一通夜半的電話而無法入眠了。這或許是「母子連心」的小小失誤吧？

　　這次你在學校的診所裡看醫生，充分體會到老美做事的認真與敬業態度，年輕的小醫生先問診檢查過，然後主治的大醫生再一一確認檢查診治，醫生親自抽血檢驗，最後醫生再做說明與囑咐，前後總共耗時兩個多小時，才完成這趟就醫之行。醫生要你每六週抽血檢查一次，每三個月看診一次，運動習慣要持續下去，目前用藥與身體狀況都控制良好，若有不適要及時聯繫。你說

醫生看診很仔細、很親切，問診鉅細靡遺，態度和藹又關心，當你換上診所的袍子被詳細檢查，感覺很安心。我想這就是醫生用專業與敬業贏得人們的尊敬與信任，其他任何一個行業不也是一樣嗎？

看過醫生確實令人放心不少。免疫力是身體和外界共處的自我防線，就如同國家的國防一般，平時就要訓練戰技、儲備戰力，萬一戰事發生才能禦敵保國。你的免疫系統有狀況，就是國防線上有了漏洞；醫生開藥方是補漏洞的治標措施，長遠之計的治本之道，就要依靠你自己平日的保健、營養、睡眠、運動，還有保持心情平和，才能維護健康，增進怡悅安適。你可以設定目標，調養身體，增加抵抗力，但不要急著想改變什麼，太過躁進總是不妥的。懂嗎？這四個多月來，我去學打太極拳，深深感受到學習與身體對話、練功養生很重要，靜心、緩步、留神，也可以用在對待身體上。

說到醫生，這兩天台灣的一則大新聞是〈駙馬爺趙建銘申請回台大醫院復職被拒〉，這一則醫生涉案內線交易、炒股、賣官、收回扣，有損醫德與醫學倫理的案件，現在終於在台大醫院有一絲公義的聲音與決定出現。由於最近台灣政局紛亂，我原本常看電視新聞、也詳閱報紙、收聽廣播，但近來卻都意興闌珊，報紙只翻

翻標題就闔上，電視也很少開機，只有選擇性的聽聽廣播，少接觸少煩心啊！當一輩子老師的我，看到趙建銘出身教育家庭，爸爸是國小校長、媽媽是國小老師，結果卻是一家人厚顏無恥地不擇手段「撈錢」，我真是汗顏又不齒。你知道在台灣當醫生與老師的人，為了「趙駙馬」都不太抬得起頭已經好久了，我也常自省，希望自己有把孩子和學生教好，可以「俯仰無愧」。做人要爭什麼？名利嗎？財富嗎？權位嗎？我想這些都不是，做人要爭的不過是「心安理得，單純和諧，俯仰無愧的自在快樂」，你說對不對？

　　簡此，餘再敘，天已寒，多保重。

老媽 2006.10.20.

生命中的真情感動
（2006年11月大寶赴愛荷華親子家書）

阿寶：

　　陽光加州的初冬，比起零下三五度的愛荷華，該是和煦宜人溫暖多多吧？古有明訓「遊必有方」，要記得給家人定期捎信報平安，別像風箏斷了線啊。

　　這大半個月來我們家忙碌異常，因為月初爸爸調職回台北，接著阿公阿嬤也從雅加達回台參加「僑務委員會議」，然後又回金門探親，我裡裡外外好多事要張羅辦理，所以就沒有多少時間關心你，也沒有上網看到你。上星期阿公阿嬤回印尼後，我才得閒上網從 MSN 上無意間得知，你次日即將利用感恩節假期，飛到西岸舊金山去避寒，我有些驚駭，你先斬後奏，未先告知，只有叮囑你多加注意安全並保重身體。結果我在你到達西岸後，連打了三次電話才與你聯絡上，而這星期你竟也第一次沒有在週末假期給家裡電話報平安！你真是出了門忘了家嗎？還是玩得沒時間了？唉，只有這傻瓜媽媽，老以為孩子長不大，心心念念牽掛不已，只希望你安好。

這次阿公阿嬤回台，阿公開會很辛苦，又回金門給湖前的阿祖祝壽（外曾祖母今年正好百歲華誕），還在後浦頭老家拜拜（曾祖母忌辰），一切都還順利。每次看到阿公阿嬤兩人相互扶持，我就十分感動，阿公有情有義，又體貼幽默，阿嬤的細心與真情，實是絕配。

　　你記得六月初吧？爸爸幫阿公阿嬤安排回台做體檢，前一日檢查前在家裡做準備，阿嬤就很緊張，阿公頻頻安撫；檢查時我們陪兩老進進出出，也是阿公不斷鼓勵阿嬤、給阿嬤打氣；尤其做腸胃鏡檢查時，看到前一位小姐呼天搶地的嚇壞眾人，阿公趕緊自告奮勇先做檢查，出來後再仔細提醒阿嬤檢查要訣，不用擔憂、緊張，「放寬心，沒事沒事！」等阿嬤檢查完出來，抱著肚子、一臉蒼白，阿公又立刻陪阿嬤緩緩散步排氣，我們跟在後面，看兩老同行健檢，攜手人生，那畫面真是太美了！是不是？

　　阿公八十歲，阿嬤也七十歲了，他們身體大致健朗，鶼鰈情深，我常常覺得好幸福、好感恩。人們說「少年夫妻老來伴」，阿公年少時離鄉背井出外打拼，阿嬤是阿公的事業良伴、家中的賢內助，如今阿公事業有成，又常回饋鄉里，叔叔姑姑也能分擔事業、更有進境，阿嬤可是厥功甚偉呢！阿公阿嬤彼此以真情相待，永世不

微笑前行
樂齡阿嬤走出來

渝：當阿嬤到新加坡看眼疾，阿公就一路陪著；當阿公身體微恙需要休息，阿嬤就調製養生飲食照護著；當阿嬤貪食「金門封肉」，連連舉箸時，阿公就盯著阿嬤看，暗示她體重過重啦！這就是老爸常告訴你的：當愛情變成了親情，這份恩情就解不開了！生命中的真情，是最動人的。這真情已經是親情，不是愛情了。

我不知道阿公阿嬤的戀愛故事，但我從印尼親友口中得知，他們曾經努力為對方付出過，才建立起這堅固的親情堡壘。說到愛情與親情，老媽我也曾年輕過，偷偷告訴你一個秘密：有一個男生很會唱歌彈吉他，我年輕時為他學吉他，失戀時為他連聽〈Vincent〉三十四遍以療傷；那男生曾經陪我從師大走路到台北車站，送我搭車回家，那男生會用手指在我手心寫上「I love you」，會蒐集鞠水軒的糖果紙，以紙傳情，很浪漫感人的愛情，對吧？但是，它只是愛情，而且是曇花一現的愛情。

在今年暑假我退休的同學會上，大家盡情的吃喝歡聚唱歌，林芝阿姨和林詹雄叔叔問起老媽這段「陳年情事」，問我跟他怎麼了？如果再見面會跟他說什麼？當年我曾與這位社團學長有過一段情，後來他竟然和他班上一個女生要好，我就被莫名其妙「甩」了。那時候我

曾傷心的「借酒澆愁」，還發下豪語要「奪下社長」，要做得比他出色（那時節，年輕氣盛的王小真果然一一實現了，當選了社長、拿下全國十大績優社團、又當選系模範生，全部都做到了！）；後來我們就各行其道，不再有交集了，只因為那學長「欠我一個說法」，所以我努力過得好、不讓自己被打敗，如今數十年過去，我早已「雲淡風輕」氣早就沒了，我只想對他說：「我很好，很幸福，希望你也好。」我想：這改變的關鍵，是因為我遇到了你老爸，他就和阿公一樣，誠懇篤實、守正不阿，向前看，何必為過去的乖舛而作繭自縛呢？

愛情有時像下注，風險不小，老爸不是開玩笑說他自己是「績優股」嗎？其實，多觀察，慢慢分析瞭解，投資風險自然可以減少了。老媽很希望阿寶也可以找到一個真心相待的「績優股」，讓愛情慢慢醞釀成親情，彼此體諒互相照應，可以「執子之手，與子偕老」。阿公阿嬤、還有老爸老媽，可都是見證啊！

簡此，見信後請回消息。餘言再敘。

老媽 2006.11.20 於台北

老媽赴美,誰當家?

老媽準備到美國當阿嬤,要給大寶女兒坐月子,還要幫忙照顧新生兒,從八月底離台至今屆滿一個月,這些日子裡台北家裡沒有老媽當家,一切可都還好?小皮與小多姊弟上班上學生活可正常?三餐吃喝、換洗衣服沒問題吧?家裡可有維持整潔?小花圃有澆水吧?老媽不在家,阿兵哥爸爸又無法天天回家,皮皮與小多兩個大小孩「自理生活」,該不會無法無天,一團糟吧?

拜現代通訊便捷之賜,每天美國近午時分、台北的夜晚,老媽我雖遠在萬里之外的達拉斯,都可以用 FaceTime 或 Skype 視訊看到二小在家的狀況,一切情況尚在可接受範圍,老媽原本就不擔心,只是二小家事沒做多少,竟還勞煩老爸每週為他倆打掃屋子、準備水果,實在太懶啦!也難怪,我在美國照顧大寶,大寶把老媽做的菜 Po 上網,炫耀「有媽的孩子真是好」,皮蛋立即回敬老爸切好的一盆又一盆梨子、蘋果、柚子水果大餐,「有爹的孩子也很好」!這太平洋兩岸姊妹較勁兒,要老爸老媽隔海拚場,真讓人哭笑不得,哪兒值得炫耀?

應該慚愧慚愧啊。

　　來美之前,我把小多的註冊費繳了,每週的零用錢與悠遊卡費匯入戶頭,要他按時提領,自我控管,耳提面命再三提醒:上學作息要正常,生活要規律,一切要「自立自強」!媽媽不在家,當家做老大的,就是小皮兒啦!就像老媽平日在家一樣,每天清晨拿報紙進門、澆花灑水、清掃環境、洗衣晾曬、準備吃喝飲食、收衣摺衣、信箱拿信、家人聯繫、臨時公務與家務⋯⋯等等,老媽當家可是「日理百機」很忙碌的。我特地寫了幾張當家注意要項、代辦事項、需要聯絡清單,還有台北美國金門印尼聯絡電話與老媽行程表等,叮嚀小皮照辦,當然也把家用金額也匯進小皮戶頭,就歸她管家、照顧弟弟吃喝啦。一切安排看似完善停妥,結果呢?

　　懶人自有懶人妙招,皮皮與小多姊弟決定兩三天洗一趟衣服,做一鍋沙拉可以夾吐司當早餐兼晚餐兩用,煮一鍋火鍋放進許多食材就可以各取所需,當然還有下雨天就免澆花啦。就這樣,姊弟倆看似過得自在,沒什麼難題,但沒幾天爸爸的最愛－古松盆栽,就枯黃乾渴病懨懨的,讓老爸立即把它移回龍潭辦公室照料搶救啦。更讓老媽慚愧的是,台北二小說來已經不小(一個大學生,一個畢業上班都可以嫁人啦),卻只因老媽不

在家，讓老爸和鄰居媽媽們呵護太多，變得更幼小，似乎是老媽教導無方呢。

　　週末假日，老爸從部隊返家，先幫二小打掃屋子（因為一週未清理，根據老爸的說法是跟戰場一樣），再幫著收衣服、摺衣服、還洗衣服；在起居室長椅子上摺衣服的老爸問道：「奇怪，昨天第一趟摺的衣服好大一疊，今天第二趟摺的怎麼少多了？」皮女兒大言不慚的回答：「兩天洗一次，第一趟摺的是兩回、四天的衣服，第二趟的只有兩天一半的量啊。」想想，在部隊裡指揮數萬兵卒、軍令如山、威風凜凜的老爸，竟然回家幫女兒刷廁所、洗衣服、摺衣服，好似個小小傳令兵，這形象落差未免太大了。我看老爸寵愛女兒，不只是當前輩子的情人，已經是甘願為她做牛做馬、當個奴僕了。

　　更有甚者，週日小多去打球、小皮去運動中心運動，老爸在家打掃屋子、整理家務，下午回部隊前，竟還替二小削蘋果、切水梨、剝柚子，再用水果盆一一包上保鮮膜，放進冰箱裡，讓小皮回家看了好得意，忍不住向大寶炫耀：「你看，我們有老爸在家多棒呀！」大寶看了直嚷嚷：「太受寵愛了啦，這樣他們就更長不大了，要獨立，要磨練才行啦。」唉，孩子個個是寶，手心手背都是肉，哪個孩子不被爸媽疼愛？做爸媽的哪個不是

傾其所有、用盡一切、幾乎忘我地在呵護孩子呢？「憨父母」，在父母心目中，孩子永遠是需要照顧的，沒有長大與否的差別啊。

正因為老媽出遠門了，自理生活的台北二小不僅備受老爸關注，連遠在印尼的阿公阿嬤、三重的外婆、還有阿姨舅媽鄰居媽媽們，都不時電話追蹤詢問姊弟倆：吃飽沒？回到家了吧？更熱心的是，內湖老鄰居黃媽媽擔心小皮下班沒時間做飯，還親自做炒麵、滷肉、咖哩雞，給二小加菜、打牙祭；松山的好朋友謝媽媽，更是送來法式烤雞腿、花椰菜，媲美餐廳美食，讓小多樂得隔日帶便當去呢！媽媽不在家，反而吃到更多好料裡，這是二小人緣好、裝可愛嗎？因為爸爸身羈軍旅，媽媽要上課又要帶孩子，從以前至今許多鄰居媽媽們都會伸手幫忙互相照顧，所以小多從小就是內湖「一條街公子」，鄰居家每一口灶都吃過，現在是重溫舊夢，吃遍各家囉。

電影《小鬼當家》拍了很多集，小男生與壞蛋鬥智，很有趣。老媽不在家，皮皮與小多當家，平凡日子雖無特殊劇情，卻多了老爸與鄰居媽媽們當靠山，吃喝無虞，更能嘗遍美味吃四方，真感恩不盡啊。

寫於 2012/09/27 老媽赴美後

父親給病中的大寶打氣加油　　　/黃奕炳

大寶：

　　我前一次給妳寫信,是妳準備在美結婚前夕(2010年7月),那時我剛才結束一場重要的軍事演習,爬出地下指揮所,重見小雪山的晴朗星空;雖不能赴美參加妳的婚禮,內心難免有些許遺憾,但落筆時,爸爸的心情是愉悅而快慰的,我很高興妳可以順利找到可以託付終身的伴侶,以及可以期待的幸福。媽媽帶去我的親筆信,字裡行間滿滿的祝福與叮嚀,雖然遠隔重洋,我想妳應該感受得到,且印象深刻吧。

　　但,這次給妳寫信(2021年深秋),我的心情卻似千鈞重擔壓肩頭,即使中秋的滿月盈盈,院子裡的美人樹綻放一樹緋紅,怎麼也無法開懷。看到妳暴瘦憔悴的面容,強忍病痛折磨的苦楚,我和媽媽的心都碎了。猶豫了很久,我還是決定提筆寫這封信給妳,希望妳瞭解在我們心目中,妳是多麼的重要,我們有著無比的信心和期盼,相信妳必然可以像以往一樣,勇敢戰勝病魔和一切橫逆,仍然是頑強的大寶女兒,可以康復而長久承

歡膝下。

　　做為一個職業軍人的孩子、家之長女，妳是獨立而堅強的。從出生伊始，直到現在，妳的人生曾歷經多次的重大劫難，但終能憑藉著強韌的生命力、無以倫比的鬥志，一次又一次的歷劫歸來，且能按照自己的規劃和步驟，一步步戮力達成人生各階段的目標，讓我們深感欣慰與光榮。

　　民國六十八年（1979），妳在臺北婦幼醫院呱呱墜地，體重僅有兩千三百公克，我去接妳和媽媽出院，在回家的計程車上，媽媽抱著妳纖細的身軀，將頭緊貼著妳因瘦弱縐成一團的臉龐，頻頻拭淚，她心疼妳的瘦小，更擔心在未來漫長的歲月裡，是否能健康的快快長大。但回到三重明德街我們那方小小的蝸居，在母愛的滋潤，以及外公、外婆、舅舅和舅媽的呵護下，妳展現堅強的韌性，很快成為一個活動力十足的健康寶寶，讓我們感受新生命的活力，更成為爺爺捧托傲視全三張街的懿慈大佛。媽媽常快慰的回憶：妳回家後兩個月，一瓶兩百西西的牛奶，從三樓抱到二樓即已吸乾見底，胃口特佳，長得特快，迥異於剛出生時二三小時就要喝奶，卻每吸兩口就完全沒有力氣，甚至累得睡著了，教人擔心。

微笑前行
樂齡阿嬤走出來

　　小皮出生時，妳剛滿三歲，媽媽還住院中，我回步校受訓，妳在外婆家不慎由二樓摔落一樓，腦殼破裂顱內出血10cc，嘴角因血塊擠壓神經而抽搐，病情凶險，媽媽將小皮託付醫院嬰兒室，急忙返家，會同舅舅將妳送往台北馬偕醫院急診。那時人在高雄姑姑家的金門公，憂急萬分，懷著四萬美元準備應急手術之用，帶著我由高雄搭車直奔醫院，數百公里馳援，焦慮之情溢於言表。當天夜裡，將妳安頓妥當，媽媽因為剛分娩，漲奶疼痛難當，我們走遍了竹圍那條街道，勉強找到藥房有退奶的藥劑，又匆匆趕回病房陪妳，支持妳儘快康復，是我們唯一的念想。這次重大劫難，幸遇貴人林烈生醫師，他堅持「穩住病情，由孩子先自行吸收腦中血塊，萬不得已時再開刀。」天助人助先自助，妳在媽媽細心照顧下，不負林醫師的期望，用堅強的生命力渡過此一劫波，很快從加護病房（3天）轉到普通病房（7天），便重展笑顏，出院時，同病房大哥哥、大姊姊們都為妳加油，他們還在妳手腕的石膏上，寫滿了祝福的話語，妳還記得嗎？生命無常，自強者勝！妳是我們的最珍貴的大寶。

　　妳在成長過程中，我因長期羈身軍旅，隨部隊四處調動，無法全心照顧家庭，全靠媽媽撐起整個家務。我

錯過妳所有的畢業典禮，沒有參加過妳的家長（母姊）會，甚至記錯妳就讀學校的班級，但是身為長女的妳，展現處女座的特質，處處求完美，非常獨立自強，無論生活或課業都不需要媽媽和我操心，從內湖國小、麗山國中、中山女中一路到臺大，甚至隻身一人負笈聖地牙哥，都以千山萬水唯我獨行的信心，舉重若輕的逐一完成，不僅成就自己，也為妹妹和弟弟做了最佳楷模，讓我們深感安慰。

在加州留學期間，妳挺過情傷，卻因畢業後在舊金山星島日報的記者生活和工作壓力而生病，帶著受挫的心情和病軀回到臺灣（2005年），幸運地在親情的滋潤、照料，以及三總幾位名醫的診療，加上個人的堅強意志與宗教的守護，妳一邊治療調養、一邊工作進修，迅速地恢復健康與自信，並決定到愛荷華大學（UI）進修妳有興趣的華語教學（2006年），且順利拿到「第二語言習得教學與研究」的碩士和博士學位。嗣後，妳又自己努力順利找到可以發揮專業且具有保障的工作，而且有了圓滿的歸宿，很遺憾我當時膺任臺灣中部地區的防衛任務，又正值重大演習，於是，再次錯過了妳的學位授予典禮，以及在達拉斯的婚禮，感謝妳的諒解，減輕了內心無限的歉疚。

婚後，妳的婚姻生活美滿、工作順利，生下潔恩（2012）、維恩（2014）兩個可愛的寶貝，正值大家都在歡喜迎接新生的潔恩時，卻傳來妳甲狀腺出狀況的消息，剛剛幫妳坐完月子回國不久的媽媽，又不辭辛勞萬里馳援，陪伴妳完成相關的手術與治療，且為了讓妳安心靜養，把出生剛滿八個半月的潔恩帶回臺灣（2015）。此期間，妳憑著超人的毅力與鬥志，在母愛的鼓勵和夫婿無微不至的照料下，妳再一次戰勝病痛，恢復健康，並且積極投入本身的工作。此後，妳定期檢查，隨時追蹤身體的健康狀況，媽媽更是緊盯不放，時時叮嚀妳注意保健。因此，此次罹癌如此嚴重的病情，完全出乎我們的意料，更驚動了臺灣和金門、南洋的親友。

　　往事歷歷，我們可以發現妳的人生一直布滿荊棘，前路多艱，所幸憑著堅強的意志和信仰，終能克服一關關的磨難，並且朝向妳設定的目標，勇敢邁進。正如妳自己的認知：「神要通過這次的磨練，讓我成為更好的人，從裡到外的翻新。」我和媽媽也深信，妳一定可以像以前一樣履險如夷，順利通過上天的試煉，成就更溫暖、善良與圓滿的自己，我們有著充分十足的信心，妳應該也是吧！

　　治療康健之路，是一條長時間的奮鬥過程，但在與

病痛搏鬥、抗爭時，妳並不孤獨。語文中心長官與同事、教會兄弟姊妹和在美的親友，給予及時的關懷和有力支援，讓人感動；而金門、臺灣和南洋的親朋好友，也紛紛透過各種方式，表達他們對妳的支持和祝福，情義深重。我們家人更是全力動員，妹妹小皮包辦了所有的庶務事項：採購、郵寄、協調連絡；弟弟小多則剪掉了他蓄留多年、珍惜如命的長髮，理了一個大光頭，他說要給妳化療掉髮時做假髮，更彰顯陪妳共同奮戰到底的決心。而我和媽媽則歷經簽證、打疫苗、篩檢等過程，在新冠世紀瘟疫的威脅下，放下手邊所有的工作，萬里長征，來美陪妳打生命中最關鍵、艱困的一仗，妳是我們最最重要的寶貝，我們必須盡最大的努力，跟妳站在一起，共同面對一切的橫逆和挑戰。

　　大寶，治療之路漫長而艱辛，但「受苦的人沒有悲觀的權利」，更何況妳承載著如此多的關愛和期望。正如聖經所言：「不要放棄！耶穌放了一顆巨人的種子在我們裡面，這個種子使你的未來如此與眾不同。」我相信妳必然會堅此百忍、奮戰不懈，重新找回一個健康、自信的大寶，不會讓所有關心妳、愛妳的人失望！爸、媽愛妳！加油！

　　　　爸爸 寫於維吉尼亞歐克頓的深秋 2021/10/26

那些年我們共度的除夕
～寄給大寶女兒的家書　　　　　／黃奕炳

大寶：

　　今天是除夕，在中國人的習俗裡，是全家團圓的日子，也是父母翹首盼望，遠方遊子風塵僕僕回鄉的日子。在這個本該一家人團聚的特殊節日裡，在天上的妳還好嗎？此刻，歐克頓溫暖的家，應該已經亮起燈光，等待妳的歸來。痛失摯愛的港元、折翼的小多，尤其是失恃、孺慕日夜的潔恩、維恩，正在想妳，在等著妳，妳回家了嗎？——飛回那個妳和夫婿在異域他鄉、胼手胝足所築起的愛的小小窩巢。夜寒淒清，形單影隻的妳，是否已經安頓好自己？是否找到回家的路？爸爸心中有著太多的牽掛！

　　今年的除夕，是妳離開我們的第一個除夕。近日，媽媽曾多次恍神，說過年了該跟大寶視訊，待回過神來，始知陰陽阻隔，已無去處，遠來的網路問候已成絕響，我們再也聽不到妳笑盈盈說著「爸、媽新年快樂」、「T寶、小心肝快來給阿公阿嬤拜年！」的祝福。我與媽媽

黯然神傷，竟相對無語凝噎。

　　台灣的世紀瘟疫疫情，持續延燒，我們婉拒親友的探訪與聚會，相守寂靜的家園，看著屋外的淒風苦雨、院子裡毫無綻放動靜的櫻花，聽著遠遠傳來的爆竹聲，感覺臺北這個年節較諸往年，似乎更顯得蕭瑟而寒冷。「每逢佳節倍思親」，今年，我們特別想念在美國、南洋和金門的家人，更更想念妳！「共看明月應垂淚，一夜鄉心五處同」，少了妳的除夕，風雨遮斷共看的明月，生死殊途，重洋遠隔，我們分離在不同的地方，卻有著相同的傷感與淚水。雖然「底事生死兩茫茫」，但思遠重山難隔斷，意切冰河復開封，幽冥遙迢，難阻親情，妳仍然可以感應到我們的摯愛和思念的，對不對？

　　年節對於官兵來說是過節，對於主官而言，則是過關。為了讓國人平安歡聚，部隊都要加強戰備，而指揮官必須與留守的袍澤同在，那是一份責任和道義。因此，做為職業軍人的家庭，我們過年過節的模式，跟絕大多數的一般家庭，迥然有別。在我羈身軍旅期間，媽媽為了一家人年節得以團聚，也讓你們瞭解爸爸的工作很辛苦。於是，她帶著你們，像逐水草而居的遊牧民族，或依時遷徙的候鳥，攜著行囊，在擁擠的人潮裡，跋山涉水，跟著我的職務調動、駐地不同，四處飄流，苦苦追

微笑前行
樂齡阿嬤走出來

隨。往事歷歷，讓人感慨萬千。

民國七十年（1981），我在官校當連長，我們的除夕是在鳳山的黃埔營區度過的。當時的妳才一歲半，應該沒有什麼印象，但媽媽想起牙牙學語的妳，穿著深紅色的棉襖，在學生大餐廳會餐時，捧著紅蘋果，興奮的叫著爸爸，稚嫩清脆的童音，迴盪在偌大的餐廳中，引人注目，卻讓初為人父的我羞紅了臉，不知所措。深夜裡，指揮官馬登鶴爺爺來發紅包，妳已經在靈甫樓連長室那張窄窄的單人床上酣然入睡，粉嫩的小臉，就像妳白天手捧的蘋果，嫣紅香甜。那一夜，爸媽和妳三個人，互相依偎在那狹窄的空間，溫暖安詳。這說明：無論現實生活多麼窘迫匱乏，家人平安相守就是一種幸福，不是嗎？

民國七十七年（1988），我在臺中港守海防，妳九歲，小皮六歲。我們的除夕是在臺中的梧棲營區度過的。媽媽帶妳和小皮搭臺汽的中興號，一路堵車來到梧棲。起初在那間沒有窗戶的營長室（據說是庫房改裝而來）裡嬉戲，後來與營部連一起祭祖，共進晚餐，也參加了弟兄們的聯歡晚會，妳被熱情的大哥哥們，拱上去唱了一首「哥哥爸爸真偉大」，青澀的表演，鼓勵的掌聲，妳可還記得？嗣後，我把妳們送到附近港區的船員商務

旅館，就坐了吉普車去慰問海防據點了。妳問媽媽：為什麼爸爸今晚不能跟我們在一起呢？多年後妳才理解媽媽的解釋，還不忘抱怨梧棲的狂風沙與營長室旁中港大排的惡臭，並調侃爸爸的過敏鼻塞，終於有了意外的作用，讓我啼笑皆非。其實，你們能來，已經是我最大的安慰與幸福。

民國八十三年（1994），妳就讀國中、小皮唸小學，小多剛滿周歲又一個多月，我們的除夕是在苗栗通霄營區過的。當年沒有第二高速公路和西濱快速道，小鎮的交通不如現在便捷，媽媽拎著你們，拖家帶眷，搭海線火車到部隊眷探。當天晚間，我們一家跟著本部中隊一起吃年夜飯，參加祭祖後，我和政戰處長李文鎮叔叔，就分頭去慰問各班哨了，留你們母子四人在辦公室守歲和看電視，自己照顧自己，妳們兩個半大不小的女生，逗弄著比自己小十幾歲的嫩娃小弟，倒也自得其樂。

鎮上沒有旅館，指揮官室只有一張單人牀，而且也不適合小娃娃睡覺，最後只好借來幾張部隊體測的綠色軟墊，舖上軍毯和棉被打地舖，讓你們得以坐臥休息。凌晨兩點多，我從海邊回到指揮部，抖落風沙進入屋內，看見妳和皮娃圍著小弟，三個人睡得非常香甜，僅有媽媽還在看書靜靜等候。在暈黃的燈光下，一切那麼靜好，

似乎屋外咻咻狂飆的海風、疾駛而過的火車氣笛,以及發電廠轟隆的噪音,都被嚴實的阻隔在斗室之外。回想當年此一情景,內心有幾許辛酸,但一家人能平安、健康團聚在一起,即使環境再簡陋,條件再差,何嘗不是一種幸福?

民國八十九年(2000),妳讀大學,小皮是高中生,小多在唸小學。我們的除夕是在小金門的龍磐坑道度過的。媽媽帶著你們搭軍包機,轉渡輪來眷探,安排住在虎踞樓的接待室。你們同樣參加了官兵的祭祖、餐會等活動,但最特殊的是:周榮華叔叔的夫人嘉敏阿姨,打理了一整桌最傳統而道地的客家美食菜肴,不遠千里從楊梅揹來,親自下廚,讓大家品嚐到平生最不一樣的年夜飯,迄今難以忘懷。

深夜裡,我去慰問第一線的據點,臨走前交代早點休息,畢竟舟車勞頓,大家都累了,你們卻跟媽媽請求:希望一起守歲等爸爸回來。但等我凌晨回到旅部,你們姊弟三人擠在一起,睏倦的睡著了,燈火通明,仍在播放的電視,傳達你們守歲的誠意,爸爸收到了。幫你們蓋好被子,回到辦公室,雖然離島的天氣很冷很冷,但內心卻是溫暖而幸福的。

第二天，妳要趕回臺北，原訂班機受天氣影響取消，必須重排候補，眼看隊伍大排長龍，妳急得像熱鍋上的螞蟻，我透過所有的管道，才順利將妳送上飛機。事後妳跟媽媽說：假如妳不是爸爸的小孩，恐怕當天是回不了臺北的，從此視返金為畏途，那是妳最後一次回到島鄉吧！這次赴美陪妳，原本相約等妳病癒，我們就回汶浦的「思源第」走走，那是印尼阿公蓋的家族故事館，做為親族歸鄉的磁極。誰知事與願違，妳的病情急遽惡化，懷鄉謁祖之旅，頓成永遠難以實現的旅程。登望故鄉而噓唏，只能期盼妳魂兮歸來！

　　民國九十年（2001）以後，我調士校或國防大學，因屬學校機關，且離臺北很近，通常你們陪我吃過年夜飯就回家了。九十一年（2002）妳出國讀書，接著結婚另組家庭，此去經年，我們家五個人就很少再一起除夕團聚了。但無論走得多遠、身在何處：風光明媚的聖地牙哥，美西的舊金山，冰天雪地的愛荷華、德州的達拉斯，或維州的維也納、歐克頓小鎮，妳都會捎來濃郁的思念和深情的祝福，讓我們知道妳很好，要我們放心。如今，妳已經離我們遠去，那輕聲的問候、溫婉的關懷，恐怕只能寄望於夢境了。在這個冷清的除夕夜，妳會回來看爸媽嗎？不管可知或不可知，我們都會留一盞燈，

照亮妳的歸途,即使風雨再大、夜色再深,仍會耐心靜候妳來入夢。

「青山掩卷泥土冷,黃土縈懷骨肉親。海畔聽潮說心事,淚眼風迷浪紛紛。」往事不堪回首,難忘的是:我們昔日一起共度的除夕。即使此情此景已成追憶,但至少在風裡、在雨中,在我們親子、手足相親相愛,互相擁抱的幸福裡,我們愛過,走過,擁有過!其實可以無憾。作家蔣勳說:「生命裡忘不掉、捨不得,是幸福的開始。」我們忘不掉妳在世時的美好,難捨那斬不斷的親情,在生命的長河裡,它們涓滴匯成溪流,終成永恆。然而,「人生忽如寄,壽無金石固」,我們不能再沉耽在失落的哀痛之中,時光滔滔煮化山石,生命生生不息向前,TV兩個小寶貝幼年喪母,處境堪憐。妳未盡的責任,必須有人接手。是以,我和媽媽答應妳的未竟之事,必會努力克服艱難,順利完成,撫育她們平安快樂長大。

除夕淚墨疾書,只希望妳能將一切放下,安息主懷。爸媽的思念與愛,永不止息!

爸爸書於農曆辛丑年除夕 2022 年 1 月 31 日

清明家書寄大寶女兒　　　　　　／黃奕炳

大寶：

　　時光荏苒，倏忽之間，妳離開我們的百日都已又過十天了。今天傍晚，媽媽到大湖公園捷運站接我回瓏山林家中的路上，突然低聲跟我說：「今天，我特別想念大寶！」我沉默良久，未予回應。其實，我們每天都很想念妳，只是大家都很有默契似的，不願、也不忍主動提起這個話題，親朋好友見了面，也僅是握握手、或以擁抱代表慰問，無語凝咽，避免再撕開那個讓我們肝腸寸斷、深不見底，而仍然還在淌血的傷口。

　　爸爸也很想妳，我每天用妳送的無線滑鼠和墊板打電腦，穿著妳送的羽絨衣、運動褲和 Clark 休閒鞋，感覺妳依然在我的身邊，並未遠去。我在手機上仍然保留了歐克頓的天氣預報，每天起床後關心一下那裡的氣候變化：小鎮下雪了、起風了，細雨停了⋯⋯，細細讀著每一則溫度的變化。我知道，我無法與妳暨 TV 兩個小寶貝，親身感受美東日常的晨曦夕陽、風霜雨雪，但咫

尺天涯的親子心靈相繫，妳應該知道爸爸在想妳了，不是嗎？！

今天是寒食節，明天就是清明了，這是一個中國人慎終追遠、尋根思源的日子。我三月中就提前陪同二伯母和妳二哥（獻銘）到清水，祭拜新遷納骨塔的二伯（奕森），我的摯友文楷幫二伯另外找了一個空間寬敞、光線明亮的塔位，相信他地下有知，一定會喜歡。三月底，我再回到金門，會同妳大伯（奕展）、四伯（奕木）、六叔（奕焱），以及妳大哥（獻煜）、三哥（獻彥），幫安眠在故里的祖祖輩輩們掃墓，向他們表達一個離鄉背井五十餘年遊子的虧欠與感恩，重溫祖先走過的足跡，親沐飲水思源、敬天法祖的精神洗禮。清明過後，我會南下高雄大社，去憑弔大姑姑（彩華）的墓園，告訴她我的折翼之痛和手足之思，也讓她知道妳已經離開的消息。

我們是一個有根的家族，從河南潢川的原鄉始祖，歷經江夏（今之武漢）歆公，到泉州的紫雲始祖守恭公，同安開基的肇綸公，以迄明代避禍金門的如復公、金沙公和廷講公，截至今日，我們在金門已經傳衍二十一代，歷代譜系清晰不紊。我們不僅是金門人、臺灣人，更是道道地地的中國人、唐人和華人。政治是一時的，但流

淌在血液裡的基因、祖先們傳承下來的歷史和文化，卻是亙古不變的。我們遠祖的遺骨在同安的金柄、在泉州的開元寺，他們串聯起生生不息的黃氏血脈，任何政治的喧囂和謊言，都無法遮掩和否認這鐵一般的事實。

　　此次返鄉掃墓，發現雖然歷經明清以來的戰亂和天災，但播遷島鄉的浯洲汶水黃氏華房的先人墳塋，除廷講公歸葬大陸內地（研判所得）、出仕河南汝州的司馬雄公埋骨魯山，以及落番仙逝南洋的祖輩外，我們歷代的先祖墓葬，都完善分布在浯洲故里的大地上，被家鄉芬芳的土地緊緊擁抱。這也讓我徹底明白為什麼金門公（章歲公）病危之際，會在病榻再三叮囑要回故鄉，即使氣切後不能言語，臨終思緒昏亂，仍然奮力在紙上一遍又一遍的寫著「返金」二字，歸鄉的盼望，竟成他最後的遺言，我想：落葉歸根就是每個金門人最後的心願啊！清明的追憶和思念，讓先人們漸行漸遠的身影愈加清晰，霜露之思更為濃郁，這是一個感恩的季節，飲水思源，使生命的長河永不枯竭。

　　清明了，更讓我想念孤零零遠在 Fairfax Memorial Park 的妳，向西眺望，魂飛落日草原和廣闊無垠的太平洋，妳是否已蔚然升起首丘之思、望雲之情？「風雨梨花寒食過，幾家墳上子孫來？」我相信港元和兩個小寶

貝會帶著滿滿的眷戀與鮮花去探望妳，細細撫摩妳的名牌，親暱聲聲呼喚妳的名字，表達無盡的孺慕之情。而爸媽和弟弟、妹妹，也會隔海遙寄深深的、深深的思念，親愛的大寶，妳並不孤單。爸媽的愛與想念，會永遠與妳同在！

　　爸爸　寫於民國 111 年（2022）寒食節（四月四日）

老爸在大寶生日的思念與遺憾　　／黃奕炳

今天是大寶女兒四十五歲冥誕，其實，我幾乎已經忘記了，但小皮女兒去訂了一個小小的紅葉蛋糕，說要替大寶慶生。常年在軍中，軍務倥傯，我經常連自己的真生日（農曆生日）、假生日（身分證生日），都在懵懂中度過而不自知。至於疏漏妻兒的生日、結婚紀念日，更是常事，所幸家人體諒，倒也沒有遭到重大責難。只是自覺一生戎馬，全副心思都專注在工作上，似乎不是一個稱職的父親或丈夫。

大寶出生時，個人在陸軍官校戰術組擔任教官，南北相隔四百餘公里。接獲妻入院待產的消息，我兼程趕車回到臺北，市立婦幼中心的門禁已經關閉，經懇求再三仍不得其門而入，乃掄起一塊大磚頭威脅：若不讓我進去，別怪我破門而入，警衛可能基於同情，也可能是迫於情勢，不得不臉色極其難看的拉開一條門縫讓我進去。到了二樓待產室，妻已經開始密集的陣痛，但早已在場陪伴的岳母，見我既狼狽又疲憊不堪，貼心囑咐到一旁休息，待醒來，大寶已經呱呱墜地，我錯過了她出

生的那一刻。

　　大寶讀國小時，我在苗栗師擔任海防營的營長，她讀國中時，我在苗、中地區負責海岸巡防的任務，這兩個職務作息晝夜顛倒，忙於查緝走私偷渡，讓我身心交瘁，無暇他顧；她讀高中時，我遠調鳳山擔任母校學生部隊的指揮官，相聚的時空皆嚴重受限；她讀大學時，我遠戍外離島，休假時間更少，她只能在寒暑假，搭乘軍包機和金烈渡輪來眷探；她大學畢業，負笈美國讀書，我剛由烈嶼調回陸軍士校任職，學制改變與校園整建雙重任務羈絆，只能任其自行闖蕩江湖，我能給的，都是口惠而實不至的叮嚀。因此，除了讀政校政研所，進陸院、戰院受訓的那幾年時間外，我們父女長期處於聚少離多的狀態。想來很慚愧，我從沒有去過她就讀的內湖國小、麗山國中、中山女中和臺大，記不起她就讀的班級與教室，也錯過了她所有的親師座談與畢業典禮。（註：她幼稚園畢業時，我正在政戰學校讀研究所，與岳母、內人和小皮女兒參加了她的第一場畢業典禮，那是唯一的一次。）

　　大寶隻身赴美進修，在聖地牙哥加州大學唸研究所，畢業後在舊金山工作，我調到龍潭的國防大學，相隔數千公里；嗣後，她回國養病、在衛生署擔任秘書、替雜

誌社翻譯撰寫專欄文章,我又跑到南臺灣的步兵學校去了,待我調回國防部,她已經負笈遠揚,去美國愛荷華大學攻讀語文教學的碩士和博士了。她在德州達拉斯結婚,以及博士撥穗,我在臺中的十軍團任職,她的婚禮和博班畢業典禮,都是老太太單刀赴會代表參加的,我只給她寫了一封很八股的賀函,該參與的儀典都錯過了。有人在臉書看到我那封信,很氣憤的批評:「你連女兒的婚禮都不能參加,還算是個父親嗎?」我自知理虧,索性不做任何的辯解。(即使解釋了,別人也不能理解,會認為你是愚忠強辯,不值得同情,否則為什麼有人罵你是「米蟲」?)回想起來,的的確確是有很多遺憾的。

　　大寶在美病重,我剛從榮僑公司(現更名為「欣泉公司」)退休,與老太太相偕萬里馳援,和她併肩作戰,歷經近三個月的拚鬥,可惜仍不敵病魔的摧折,我們摯愛的大寶還是走了。但是,那三個月時間,則是我們父女最親近的一段時光。晨間,我與老太太陪她在落葉繽紛的步道散步;白晝,陪她到醫院做化療和放射治療,不斷鼓勵她;晚間,她洗過澡,會舉步維艱的走到地下室的房間,看看往昔的照片、摸摸孩子的童書,陪倆老聊聊天,話裡有著太多的眷戀和不捨,讓我們暗自神傷。

她吃不下東西,聽不進任何勸告,只有我能懇勸她勉強進食,以維持拚搏的元氣。

她病危被緊急送進醫院,我和女婿港元輪流在病房看護,夜間受限於一房僅能一人陪伴的規定,我裹著防寒大夾克,躲到擁擠的急診室,看著窗外兀自飄落的雪花,虔誠的祝禱,希望她的主耶穌與上帝,以及我家鄉的神祇:田都元帥、林府王爺,能協助她度過難關,期盼奇蹟能夠出現。

她臨終前幾天,我夜宿關懷養護中心陪她(類似我們的安寧病房,但獨立於醫院之外),隨時盯著她的一舉一動,稍有動靜,即躍身而起溫言安慰。當她因疼痛而躁動時,我會迅速用手機的翻譯 APP,請值班的護士幫她打止痛針。我知道她正一步步的從我身旁走遠,而我無助而卑微的願望,僅能協助她沒有痛苦而有尊嚴的告別這個世界。效果如何不可知,但我非常努力的去達成目標。

光陰荏苒,大寶離開我們已經快要三年了。回憶往日的點點滴滴,作為一個在孩子生命裡經常缺席的父親,我,仍覺有著深深的虧欠與遺憾。時光不會倒流,失落的一切,永難追悔。但,正如一則悼詞所言:「從

今往後,春夏秋冬,每一季的花開花落,每一個黎明的日昇月沉,都將滿滿地寄託著:我對妳無盡的思念和祝福。」歲月會持續快速流逝,但我們的愛與思念,將永不止息!

阿嬤老師說什麼

　　這是一個「奔七」的阿嬤老師，在經歷人生巨大傷痛之後，自我療癒「走出來」的心得分享。到校兼課工作、打拳健走做家事和書寫以抒發心情，「微笑前行」照表操課，如常生活，就是阿嬤老師「走出來」的祕方。心懷感恩，相信有愛無礙，用愛經營自己與家庭，未來日子依然可以多姿多彩、光明燦爛。

吾十有五,志於學

開學了,高中新鮮人第一堂課,阿嬤老師和同學自我介紹,相互認識,老師說:大家有緣共聚一堂做師生,今後要珍惜緣分,共創幸福;而今就是一個嶄新的人生階段起始點,立志、做計劃,最好的時刻。

阿嬤老師今年六十八,退而不休,還來給我們上課,她是隨心所欲來做奉獻回饋的;而我們剛滿十五,正如旭日東升,該為未來做計劃,立志向學的時候。因為,孔子說過「吾十有五而志於學,三十而立,四十而不惑,五十而知天命,六十而耳順,七十而從心所欲,不踰矩。」只是,聽同學們各言其志,說自己從哪兒來?主修什麼?副修什麼?將來又想做什麼?似乎還有些模糊不清,不是十分明確,所以,阿嬤老師給大家提示了「高中生的三大任務」。

高中生剛完成國中小的九年義務教育,脫離了兒童、青少年階段,不再有父母、老師時時刻刻、緊緊跟隨,扶持護佑了,春風少年十五二十時,正是要從青年步入

成年的重要時期，我們一定要好好把握，做足準備，好迎接燦爛的美好將來。高中生在這階段要學習獨立自主，為自己負責，最要緊的有三大能力亟待培養：

　　一是生活能力。足夠的生活能力，包括可以對時間管理、金錢花用、交友休閒、社團活動、人際關係、問題解決、情緒控管、服儀打理等等，能自己作主、自我克制、自我管理、自我督促，也就是能夠「自律」。一個具備足夠生活能力的高中生，從自我約束、自我負責到自我成長，進而能夠在家庭、學校與社會中與人和諧相處，必定是積極進取，樂觀向上，珍愛自己，備受家人和師友、同儕信任與肯定的陽光青年。

　　二是學習能力。高中是準備進大學做高深學術研究，或學習專業技藝，步入職場就業成為社會中堅主力。因此，高中生要學會利用時間、利用圖書館、熟悉各科學習要領，能作深入、精要、有系統、有效率的學習，以便有紮實穩固的各領域學習基礎。當然，確立明確的學習目標，了解自己的特質與學習狀態，補足欠缺的能力，並發揮獨有的特殊優勢，高中生必須找到有系統、有條理的學習方法，有方向、又有步驟地按部就班朝目標前進，方能培養足夠的學習能力。

三是生涯能力。生涯就是個人對未來生活型態的選擇，以後你想從事什麼工作？過什麼樣的生活？成為一個什麼樣的人？在做生涯規劃之前，需先畫個T字，橫筆的兩端一邊是個人自己，一邊是外在環境；然後評量自己的興趣、專長、能力與特質；並且衡量外在環境的狀況、需求、潮流、趨勢與可能發展。T字直豎是將橫筆兩端的自己個人與外在環境作分析評估、確定方向、再採取行動，進行之後適時檢討，亦可回復修正，重新規劃，實現理想。

　　知道高中生的三大任務之後，阿嬤老師又問大家：既已立志向學，那麼，你喜歡上國文嗎？為什麼要上國文？同學們七嘴八舌的說，這是必修課啊，國文在生活中是必需品啊，欣賞文學作品很美啊等等。於是，老師便幫忙彙整了國文的價值，它具有工具性、文化性、藝術性三大功能。國文是溝通工具，藉著語文的聽說讀寫可與人溝通、傳達理念和表情達意，語文是溝通工具，有工具性價值，當然必須學、也要學好。其次，國文是祖祖輩輩千百年來使用的語言文字，中國文學所承載的是歷史、文化與生命的代代傳承，上國文課具有文化意義。再者，國文無論經史子集、詩詞歌賦、文言白話、韻文散文或小說戲曲，都具有極高的藝術價值，或抒發

情志、或低吟淺唱、歷久彌新，古今中外傳唱不衰，只因文章乃千古不朽盛事也，焉有不學之理？

　　阿嬤老師說「活到老，學到老」，她到現在還退而不休，懷抱著事事好奇的心理，天天閱讀、天天運動，追求「健康美麗、學習成長、回饋奉獻」的樂齡人生目標。她期待高中新鮮人的孩子們也都找到了自己的人生目標，「吾十有五而志於學」，能夠健康成長，快樂學習，而且知其然、也知其所以然地，要激起學習熱情，從知之、好之、到樂之，可以樂在其中。

　　阿嬤老師小格言：意願加方法等於成功。

等待等待,莫等待

> 我達達的馬蹄是美麗的錯誤
>
> 我不是歸人,是個過客……

這名句是大家琅琅上口的鄭愁予代表作〈錯誤〉詩裡的結局,餘韻無窮,廣受喜愛。試想:那達達的馬蹄聲傳進小小的窗扉裡,使得窗內等待的人兒喜出望外,以為自己盼望的歸人回來了,可惜騎馬而過的人卻不是歸人,只是個過客,等待者的剎那喜悅,只是個「美麗的錯誤」!這無可補償的遺憾,只能留在刪節號裡輕輕嘆息了。其實〈錯誤〉一詩開頭的引言,我也十分喜愛:

> 我打江南走過
>
> 那等在季節裡的容顏如蓮花的開落

詩句很有畫面,文句優美情意綿長,道出了女子癡情等待,燃起希望又幻滅落空,周而復始如花開花落,容顏也美如蓮花,在等待中就此年華老去,令人不勝唏噓。「美麗的錯誤」說出了等待的心情是美麗、喜悅的,因為等待是懷抱著滿心希望;但是希望也可能落空,會

成為失望與遺憾。我記得幾米在〈等待等待〉裡寫著：

我等待。你等待。他等待。

等待春天。等待生日。等待中獎。等待新聞。

等待歡樂。等待花開。等待雨停。等待落日。

等待掌聲。等待慈悲。等待鐘響。等待車來。

等待改革。等待假期。等待夢醒。等待發薪。

等待緣分。等待幸運。等待天使也等待魔鬼。

我等待等待。

等待，等待，仔細一想，普天之下的芸芸眾生，誰不在等待？從出生到長大，甚至年老，每個人一生不都在為大大小小的事而「等待」著嗎？我想，人生最幸福的等待，應該是「健康平安，無憂無病，與摯愛一起變老」吧！

小娃兒等著吃奶換尿布、等著吃喝睡覺玩樂、等著長大、等著畢業、等著就業、等待愛情來臨、等待成家立業、等待新生命誕生、也等著退休養老、最終等著人生謝幕告別人間。誰不在等待？只是，人生起起伏伏，這麼多的等待，等待，誰都急不得，也插不了隊；等待的心情也許平靜，也許焦躁；等待的滋味也許甜蜜，也

微笑前行
樂齡阿嬤走出來

許苦澀；等待的過程也許短暫，也許漫長；等待的結果也許美好，也許幻滅；但最後人人都還是得學會懷抱著希望，把握當下，以平靜的心情等待答案揭曉。

坐六望七的我，教書迄今已逾四十年，直到在十多年前（2006）辦了退休，改為到校兼課和兼職義工，多了一些屬於自己的時間，才學會放慢腳步，體會生命，享受「等待」的生活。以前有正職時，三十年職場生涯，行事曆上密密麻麻，天天像打仗，公務家事、兒女尊長、行程滿檔，總是行色匆匆有如急行軍，壓力千鈞，根本不知「等待」為何物。如今退休，心態轉變，總算懂得靜心修持，調養生息，體會淡泊靜謐的美好。我可以對自己大聲說：「不急，慢慢來，耐心等待。」因為我知道：有些事情要趕快，有些事情要等待！

剛退休時，我給自己訂下三大生活目標：「健康美麗，學習成長，回饋奉獻」。因為健康是首要，不能等待，萬事莫如健康急，在「緩急輕重」的列表裡，健康是既重要又緊急的第一大事。所以，有益身心的定時運動、規律作息、均衡飲食，要趕快去做，而且必須持之以恆，刻不容緩。同時，保持好奇心、時時學習新知識新技能，以跟上日新月異的新時代，不跟社會脫節。當然，行有餘力時，還要心懷感恩、回饋社會、奉獻己長，

做個「有用的人」，而非社會的累贅廢物。

　　作為一個樂齡銀髮族，歷經過不同人生階段，早已嘗遍人生路上各種滋味，歡愉、甜蜜、苦澀、悲愴、煎熬、欣慰、暢快⋯⋯不一而足，頗能深切體認「健康與家庭不能等待」，所以不論年齡大小，保留時間運動健身，把握時間珍惜親情；相對的，年輕時極為在意的讀書學位、事業功名、緣分婚姻、購屋置產、旅遊歡慶、美食華服⋯⋯，都不必急切，一切順其自然，盡力就好，等待，它自然有到來的時候。等待等待，心情平靜，相信一切都是最好安排，怡然自得之下，我是在等待，等待美好的到來；但也不等待，我把握每一時刻，對於健康與家庭的經營，絕對認真以對，莫等待。

　　放眼看看我身邊青春期的年輕學生們，青年期的社會新鮮人我兒小多，還有中壯期社會中堅的我女我婿與子姪，以及退休桑榆暮年的師長們和我自己，生命的列車載著大家車行轆轆，不斷向前行，每個人上車下車各自有期，每個人也都為自己現階段的目標正在努力打拚著，等待著，加油！加油！等待，畢竟是美麗的、充滿希望的。在不同階段有不同的風光，細細品嘗，好好欣賞；我總以為四時都是好時節，萬物靜觀皆自得，落花水面皆文章啊！可不是？雲淡風輕，花落水流是悠閒，

驚濤裂岸，濁浪排空是壯觀，朝霞或暮靄都值得駐足。你，就放慢腳步，慢慢欣賞生命的風景吧！盡心努力，靜心等待；該趕快的不懈怠，該等待的不躁進。平安是福，健康是寶。祈願人人都能與摯愛在人生路上攜手共行，貧不相棄，病無悖離，家人友朋都健康平安，無憂無病，幸福到老。

阿嬤老師小格言：分清楚「輕重緩急」，有些事情要趕快，有些事情要等待！

請問大名，說寬心

張曉風早年在陽明醫學院上課，點名，曾有〈唸你們的名字〉一文，她說：「我願意再說一次，我愛你們的名字，名字是天底下父母親滿懷熱望的刻痕，在萬千中國文字中，他們所找到的是一兩個最美麗最醇厚的字眼---世間每一個名字都是一篇簡短質樸的祈禱。」

我兒小多名「寬」，是我給孩子的爹建議而取的名。清代段玉裁在《說文解字注》裡說：「寬，屋寬大也。廣韵曰。裕也。緩也。其引伸之義也。寬从宀。莧聲。」莧是山羊細角者。从兔足。从𦣻聲（莧音讀如桓）。曾經孩子的大伯父以為男生叫「寬」氣勢不夠，但我和外子總覺得期許孩子為人寬厚、寬容待人、心胸寬大，正是希望他將來長大為人篤實、待人誠懇、處世厚道，把這份「寬」的期待，放在名字裡，不是很有意義嗎？

我確實希望小多能以行善積德、樂觀進取、利人利己為念，將來他的價值觀是開闊而健康、懂得尊重與包容的，心理上不會自怨自艾、怨天尤人，而是開朗自信、

樂於助人的。「寬」就是父母對他的期許與祝福，寬闊壯麗的生命、自在寬廣的人生。

現在小多已而立之年了，各方面表現似乎還不至於背離「寬」的期許，令人欣慰。其實我一直注意要孩子能「寬以待人」，大人就要先「嚴以律己」，所以自己從來不口出穢言，尖酸刻薄，口不擇言的胡言亂語，生活也自守規律不敢亂來，因為我相信孩子會看著學、跟著做。（我曾聽聞有成年女兒因不堪母親的罵責斥責而自殺者，至為遺憾。也有造謠生事、編造謊言、欺罔以陷害他人者，自己終究無法快樂心安。）

看看我們周遭，心胸狹窄、氣度偏仄、不懂得仁厚待人的，何其多！我們常說，當我們拿花送給別人時，首先聞到花香的是我們自己；當我們抓起泥巴想拋向別人時，首先弄髒的也是我們自己的手。一句溫暖的話，就像往別人身上灑香水，自己也會沾上兩三滴。因此要時時心存好意、腳走好路、身行好事、惜緣種福，「寬」以待人。生命中難免挫折起伏，遇上形形色色不同的人，就讓我們學習包容，學習「寬心」開始吧！

「寬」字除了期許孩子處世寬厚之外，另一層意義是能彈性思考、對自己也留餘裕，心裡夠寬裕。很多時

候,我們需要給自己的生命留下一點空隙,就像兩車之間的安全距離,一點緩衝的餘地,可以隨時調整自己,進退有據。生活的空間,需藉清理挪減而留出;心靈的空間,則需經思考開悟而擴展。俗話說:山不轉,路轉;路不轉,人轉。「寬」字對人對己都有好處,能夠反向彈性思考,心靈空間就有餘裕了,多自在啊。

請問大名?它的意思是什麼?你可知爸媽給你的滿心祝福與熱切盼望是什麼呢?去查一查、問一問、想一想,「天地有情,人間有愛」,在你的名字裡,一定會有大發現喔。

阿嬤老師小格言:人可以有兩顆心,一顆心寬裕利己,一顆心寬容待人。

微笑前行
樂齡阿嬤走出來

自得其樂，發現美

今年（112學年度）我上課的班級有「戲曲樓」的歌仔戲與客家戲同學，還有一個戲曲音樂系的班級，教室位在「音樂樓」。當我上下課、進出電梯、走在校園裡，聽著同學吊嗓唱戲、拉彈吹奏，常會忍不住放慢腳步，多諦聽一會兒，也跟著哼起「我身騎白馬過三關，改換素衣回中原」，心情隨之愉悅飛揚起來，這是阿嬤老師生活中的「自得其樂」，快樂自己找啊。

人就該在尋常生活裡自己找樂子，「樂」就在你我身邊。值得一提的，是我天天樂見的一幅字，就在戲曲音樂系同學上課練琴的「音樂樓」五樓電梯口。那是建國百年（2011年）時，名書法家薛平南教授書贈本校的珍貴墨寶，筆酣墨飽、氣韻流暢，我很喜歡。薛平南教授寫的是唐代李白〈聽蜀僧濬彈琴〉詩：

蜀僧抱綠綺，西下峨眉峰。為我一揮手，如聽萬壑松。

客心洗流水，餘響入霜鐘。不覺碧山暮，秋雲暗幾重。

這首唐詩翻譯成白話，意思是：蜀僧濬懷抱一張綠

綺琴，他是來自西面的峨眉峯。他為我揮手彈奏了名曲，我好像聽到萬壑松濤風。我的心靈像被流水洗滌，餘音繚繞和著秋天的霜鐘。不知不覺青山已披上暮色，秋雲也似乎暗淡了幾重。

我常想，我們何其有幸，竟然可以和李白一樣，聽蜀僧濬彈琴，洗滌身心，聽得忘我，不知不覺天都暗了。現在我們身在湖光山色的校園，日日聆聽同學揮手彈奏「風入松」，雖然手抱的不是名琴綠綺，但樂聲流淌，處處有知音，傳統戲曲音樂連結了多少個世代、多少人的藝術文化情緣，我們真的太幸運了，能夠徜徉在這美好的情境中。每週到校上課時，我在電梯口看到這幅蜀僧彈琴的書法，往往多駐足欣賞，並默念詩句，想像那美如萬壑松濤的琴聲，不知同學們是否也有同感？可看懂了這首詩？

因為，在這首短短的五律裡面，用了幾個典故，就有同學渾然不覺、也無心求知，讓老師有一點兒小失望。愛她之前，要先懂她。阿嬤老師就來說說跟這首詩有關的故事吧。第一個典故「綠綺」，是有名的古琴，漢代司馬相如有一張琴，名叫綠綺，因此後來綠綺便泛指名貴的琴了。「蜀僧抱綠綺，西下峨眉峯」，說這蜀僧與李白同為四川人，他從峨嵋山下來，抱著一張名琴綠綺，

微笑前行
樂齡阿嬤走出來

這情境很有畫面,感覺是既親切又氣派,令人期待與渴慕的,一位高僧抱著名琴來了。

其次,李白詩中引用了伯牙與鍾子期的典故。「為我一揮手,如聽萬壑松」,揮手二字就是出自竹林七賢嵇康〈琴賦〉的:「伯牙揮手,鍾期聽聲。」伯牙與鍾子期二人是音樂上的知音,《列子》湯問篇:「伯牙善鼓琴,鍾子期善聽。伯牙鼓琴,志在登高山,鍾子期曰:善哉,峨峨兮若泰山!志在流水,鍾子期曰:善哉,洋洋兮若江河!」這就是「高山流水」典故的由來,借這典故來表示蜀僧和自己通過音樂成為知己。「客心洗流水」說得很含蓄,又很自然,映照前一句「為我一揮手,如聽萬壑松」,想來琴聲必是鏗鏘有力,如松風濤濤,撼人心弦,琴音流淌過我心,我們心領神會已成知音。

再接著下面一句「餘響入霜鐘」也用了典,「霜鐘」。宋代蘇東坡在〈前赤壁賦〉裡曾用「餘音嫋嫋,不絕如縷」,形容洞簫餘音,如絲如縷縈繞不絕,就在耳畔盤旋。更早的李白則以「餘響入霜鐘」來描述樂曲終止以後,聽得入迷的聆賞者沉浸其中,享受藝術饗宴時所產生的想像。「霜鐘」一詞源於《山海經》的中山經:「豐山……有九鐘焉,是知霜鳴。」郭璞注:「霜降則鐘鳴,故言知也。」點明時令,霜降時鐘聲響起,蜀僧揮手彈

琴琴聲清脆、流暢，漸遠漸弱，和薄暮的鐘聲產生共鳴，這才發覺天色已經晚了：「不覺碧山暮，秋雲暗幾重。」不著痕跡地將「餘響」、「霜鐘」與「秋雲暗幾重」做了連結、互相照應，琴聲之美、心靈感受與自然景觀融合一體，渾然天成的藝術美感，格外動人心弦。

當我站在電梯口，欣賞著大師的書法佳作，品味著大詩人李白當時的心情：聽完蜀僧彈琴，舉目四望，不知從什麼時候開始，青山已罩上一層暮色，灰暗的秋雲重重疊疊，佈滿天空，感覺時間過得真快。我心有戚戚焉的感覺，自然浮上了心頭。每天在校園裡，當我聽到同學們上課練琴、弦歌不輟，曲樂飄揚時，總會油然升起一份寧靜、喜悅與光榮感，李白的〈聽蜀僧濬彈琴〉詩寫得真貼切啊。我期待同學們到學校來學習音樂，從接觸音樂、認識音樂、到愛上音樂、更能樂在音樂，在音樂世界裡「自得其樂」；同時也能覓得知音，如伯牙遇到鍾子期一樣，高山流水，心領神會，曲樂繞樑三日而不絕，可以把這份生活、藝術、文化的美，散播出去，與更多人分享。

從欣賞音樂樓電梯口的書法名作，到讀懂書法內容的李白〈聽蜀僧濬彈琴〉一詩，令人歡喜，我想到法國雕塑家羅丹所說「生活中從不缺少美，而是缺少發現美

的眼睛」，只要我們調整好心態，就可發現生活中處處充美麗的事物。所以，張開眼睛，打開耳朵，看看周遭，大家事事關心，必能發現處處有美事。當我們學習時，凡事好奇，肯去問、肯去學，具有不怕麻煩的ㄅㄆㄇㄈ精神，知識技能找到了、學到了、也練成了，必能自得其樂。發現美，自得其樂，訣竅就在：Just Do It！

阿嬤老師小格言：生活中從不缺少美，而是缺少發現美的眼睛；處處留心皆學問，自得其樂，就可發現美。

人間有味是清歡

　　今日是學校放寒假第一天，阿嬤老師原本高興著要參加學校辦公室同仁的「尾牙宴」，也準備著要去旅行社開機票到印尼，與公婆家人圍爐過年，結果卻是忽然重感冒，一早趕著八點半到診所排隊看醫生！拿了藥，醫囑回家多喝水、多休息，中午的尾牙大餐自然是泡湯啦。午餐在家簡單吃著生煎包、配著清炒波菜與大白菜肉片丸子湯，就這麼打發一餐了，師丈老先生體諒病號，也沒多言，其實這樣平凡日子、簡單吃食，才真是「人間有味是清歡」！

　　「人間有味是清歡」一語，典出蘇軾〈浣溪紗〉（元豐七年十二月二十四日，從泗州劉倩叔遊南山）：「細雨斜風作曉寒，淡煙疏柳媚晴灘，入淮清洛漸漫漫。雪沫乳花浮午盞，蓼茸蒿筍試春盤，人間有味是清歡。」蘇軾這首記遊之作，寫於宋神宗元豐七年（一〇八四），當時蘇軾正趕赴汝州（今河南汝縣）任團練使途中，經過泗州（今安徽泗縣），與好友劉倩叔同遊南山。

微笑前行
樂齡阿嬤走出來

　　當時蘇軾因「烏臺詩案」入獄百日，被貶黃州後又復召入汝州，半途又值幼兒夭折與盤纏用盡，內心的煎熬交迫可以想見。他在遍嘗人生百味後，早已看淡功名利祿的追逐，能夠吸引他用心體會的，反而是初春曉寒中，品味茶飲與鮮蔬的清歡了。

　　蘇軾在這首詞的上片三句寫初春景致，下片三句則刻畫與朋友同遊南山，喝茶吃野菜時的清歡滋味。上片三句「細雨斜風作曉寒，淡煙疏柳媚晴灘，入淮清洛漸漫漫。」先描寫初春清晨細雨斜風且寒意侵人，春寒料峭，接著寫雨後雲淡定，但見河灘疏柳沐浴在晴暉之中。其中「媚」字極傳神地寫出蘇軾之喜悅，於風淡雲清中覺察春之萌發。最後，由眼前的淮水聯想到上游清碧的洛澗，當它匯入淮水之後便渾沌一片了。是以，眼前所見的淮水水流亦隨之逐漸高漲起來。全幅展現一派春寒晴媚、春水溶溶的美好景致。

　　下片三句「雪沫乳花浮午盞，蓼茸蒿筍試春盤，人間有味是清歡。」則寫到蘇軾與劉倩叔遊覽南山時，以清茶菜蔬野餐的歡快心情。午時，啜飲泛著乳白茶沫的清茶一盞，搭配應時鮮蔬；此時飲食雖僅嘗其本味，心頭卻舒放至極，十足展現了蘇軾對清淡物質的滿足與適意。是以，在這早春之日，三兩好友煎水飲茶，品嘗時

令菜蔬,這樣簡單的生活也就是所謂的「清歡」了。

蘇軾所說的「有味」是食物的美味,其中更不乏人間美好的人情滋味;「清歡」是清雅閒適、偷得浮生的感受,是淡定的歡愉,也是智者洞察世態人情後發自內心的真誠喜悅。我想只有閱歷人世躓踣顛仆與椎心之痛如蘇軾者,方能徹底明瞭「清歡」的真義——最簡單、最家常、最無機心的生活滋味!再大的苦痛,都會過去;留住美好,永記心頭;珍惜當下,恬淡閑雅,清歡就好!

當年蘇軾午後品一口茶,茶水上浮著乳白色泡沫;嚐一口新春的野菜,感覺盤子裡蓼茸蒿筍都甘甜可口。人間的美好滋味,就在這些清新美好、令人歡喜的事物裡了。我也學學蘇東坡,用過簡單中飯,吃過藥,午後老先生為我沖杯咖啡,要我小憩一番,難得半日偷閒,就來個悠閒下午茶,養病,免勞動,這也算是清歡吧。病中偶得,偷得浮生半日閒,人間有味是清歡。

喔,對了,前幾日咱家老先生師丈趕著過年前馬不停蹄、飛金門、奔高雄、又宴請官校老校長:他回去金門老家拜拜、並探望舅舅舅媽阿姨們,他一日來回北高、去探望微恙住院的九六高齡恩師,再回台北、找來昔日故舊師生與年將九十期頤的馬校長提前圍爐相聚。老先

生這樣子的奔忙,雖不清閒,但也歡愉。所以人間有味是清歡,是一種心情,是一種境界,重點就在生活的品味上啊。

　　阿嬤老師小格言:物質生活可以簡單,但精神生活一定要豐富,我們要懂得 Less is More。

唱起純情青春夢

　　近日裡我總喜歡哼唱〈純情青春夢〉，一邊做家事一邊唱著「不是阮不肯等，時代已經不同」，「查某人嘛有自己的願望」……。甚至，我還教會身旁幼兒園大班的小光，兩人隨著旋律搖頭晃腦，逐段吟唱「想來想去抹凍辜負著青春夢，青春夢」，並且討論起百年來台灣女性的處境與自覺，嬤孫倆都頗有成就感呢。

　　〈純情青春夢〉是潘越雲在1992年唱紅的閩南語歌曲，陳昇作詞，鄭文魁作曲，旋律輕柔而緩慢，歌詞裡的女子在歷經情人的分別與等待之後，決心不再受情感牽絆，要為自己而活，拒絕命運無情的羈絆。她哀傷卻不喪志，亟欲掙脫枷鎖獨立自主，雖然放不下心頭的愛恨情愁，帶著些許悲苦情緒，卻又不願向命運低頭，倔強地帶有點兒不服輸的氣魄，在曲子末了唱到「查某人嘛有自己的願望」時，似乎可以聽見女性昂然翹首堅毅的傳達「做自己」的聲音。

　　確實「時代已經不同」，女性當自強，勇敢灑脫地

微笑前行
樂齡阿嬤走出來

拋開那些情愛牽絆與束縛，要以鼓舞的心情，去尋覓自己的天空。我告訴小光，嬤嬤身旁的女性長輩們，真的就是〈純情青春夢〉的原型典範啊。從太祖、阿祖到嬤嬤，就是典型實例：

　　我的娘家的祖母、小光的太祖，名諱王陳粉（1911-2000），是民國前一年出生的清朝遺民，綁過小腳、稍長才放大。她是家中七姊妹與一幼弟的長姊，沒有機會讀書識字、只能在家照顧弟妹、協助家務；及長十八歲嫁到王家，才半年就因公公遽逝而主長家務，掌理一家內外大小事務，從下田務農種稻、養雞養豬、種菜賣菜，到生養照顧十個兒女（包含兩個童養媳）、燒飯洗衣，無所不包，無所不能。縱其一生，在我祖母九十載人生歲月裡，只有奉獻家庭，只有夫婿與兒孫，夫婿是天、兒孫是地，祖母的世界裡從來沒有她自己，也沒人問過她的願望是什麼？她可曾做過她自己？

　　我的娘家老母親、小光的阿祖，名諱王蔡月嬌（1931-2020），生在日據時代、受日本教育、卻是個童養媳（出生五十天就被送養），十足油麻菜籽命。母親公學校畢業後，曾到藥廠做工、包過藥，後改學裁縫、具裁製洋服專長，在「小朋友童裝」擔任設計、裁剪師傅，某年冬季她所設計的童裝、繡有企鵝圖案，販售上

萬件,那是她一生的「高光」時刻!在我母親二十歲時,被「送作堆」與父親圓房成親,生養了我和姊姊弟弟三個孩子,人生大事的婚姻與家庭,雖然皆非出於自由意願,但是作為職業婦女,見過世面的老媽,卻沒有飛出去「做自己」,去尋覓自由的夢想。在老媽晚年時,我曾問過她,這一生可有自己心愛的人?可有遺憾?她默然不語。我想老媽的「青春夢」絕不是空白的,她有答題,也有做抉擇,相對於祖母的「青春夢」繳了白卷,老媽應當是沒遺憾的了。

祖母和老媽都是認命的,沒有怨天尤人、也沒有抗議出走,到了第三代的我身上(我在 1955 年出生),有機會接受完整教育,有機會自由戀愛,成家立業、生兒育女、乃至搬家轉業,全都可以自己作主,完全沒有〈純情青春夢〉裡的愛恨情愁與命運羈絆,我是自由的!多麼幸運,我可以恣意展現女性的溫柔與堅強,勇敢追求自我,不必哀怨地訴說「查某人嘛有自己的願望」。我想,這或許該感謝我的父母、感謝我的先生,他們呵護我、成全我又包容我;同時也要感謝這個大時代和台灣這片土地,孕育滋養我,栽培我吧。

現在我正批改著學生的期中考試卷,嘴裡同時哼唱著這首傳唱不輟的老歌,猛然想起宋代楊萬里在〈西湖〉

微笑前行
樂齡阿嬤走出來

詩：「畢竟西湖六月中，風光不與四時同。接天蓮葉無窮碧，映日荷花別樣紅。」六月盛夏，西湖蓮荷盛開，畢竟她的美麗景致是和四季不同的。放眼望去，層層無際的綠蓋紅花，延展至天際，在陽光照映下，磅礡壯麗，氣勢逼人！「接天蓮葉」、「映日荷花」，遼闊的視野與鮮亮的色彩，彰顯著西湖夏日風情與眾不同的境界。想想看，青春夢不就如「接天蓮葉無窮碧，映日荷花別樣紅」的夏荷一般，昭告著生命如此多嬌，又充滿魅力，令人愛戀不已嗎？

我們想告訴小光和年輕孩子們，當然也要提醒自己，不分男生女生，每個人都要愛自己，要認真去追求實現自己的「青春夢」，不論是愛情，事業，家庭，信仰或藝術等等，都可以是你一生追求的青春夢。勇敢逐夢，人生才不會留白！讓我們昂首挺胸，有自信的大聲唱出屬於你自己的〈純情青春夢〉吧。

阿嬤老師小格言：純情青春夢，有夢最美，希望相隨。勇敢逐夢，人生才不會留白。

〈純情青春夢〉 詞/陳昇 曲/鄭文魁

送你到火車頭　越頭就做你走

親像斷線風吹　雙人放手就來自由飛

阮還有幾句話　想要對你解釋

看是藏在心肝底較實在

阮也有每天等　只驚等來的是絕望

想來想去　抹凍辜負著青春夢　青春夢

咱兩人相欠債　你欠阮有較多

歸去看破來切切　較實在

送你到火車頭　越頭阮要來走

親像斷線風吹　雙人放手就愛自由飛

不是阮不肯等　時代已經不同

查某人嘛有自己的想法

甘願是不曾等　較贏等來是一場空

想來想去　同款辜負著青春夢　青春夢

唱歌來解憂愁　歌聲是真溫柔

微笑前行
樂齡阿嬤走出來

查某人嘛有自己的願望

阮也有每天等 只驚等來的是絕望

想來想去 抹凍辜負著青春夢 青春夢

不是阮不肯等 時代已經不同

查某人嘛有自己的願望 查某人嘛有自己的願望

耕田讀書，座右銘

作一個半老的退休老兒，我常自省，教書 30 多年，總期許學生正派做人、積極進取、認真負責，到底有何座右銘可簡要提示？自己又做到了多少？或許「一等人忠臣孝子，兩件事讀書耕田」，可以算得上我的座右銘吧。

我們常感嘆：「做事容易，做人難！」確實，自個兒能把一件事努力做好容易，一旦牽涉到他人，或需與人協調合作，可就不容易了。

年輕時在職場拚搏，工作上有上司有同事有下屬共事，更有職場倫理與規範要遵守，工作不單是做事，做人更不容忽視。如今「退休我最大」，退除役官兵榮民弟兄就是天王老子也不怕、不再有長官的老大，可我雖退休，實則還幫忙學校作義工，非關名與利、非關酬償與倫理，純屬人情世故、老朋友情義相挺，兼課之餘代筆撰稿忙忙碌碌，自認還堪負荷，四月底來美前在家趕工好一陣子，忙完大大吁了口氣，自覺輕鬆不少，不料

微笑前行
樂齡阿嬤走出來

五月初在華府，到 Georgetown University 走走，看那藍白色怒放的洋牽牛花，一如燦爛人生。

卻被孩子們「指責」不該「艱苦自己、輕鬆別人」累壞了自己。唉，能忙是福，有能力為人忙更是福，我清楚自己，量力而為，畢竟容人、助人就是福份啊。

每個人生階段各有不同的角色與任務，看到年輕一輩積極奮發、努力上進，經營事業與家庭，追求更大發展與進步，雖有困頓、有勞累、有衝撞、甚或偶有牢騷與怨尤，但皆可理解、給予鼓勵，趁著黃金年華，少壯不衝刺，更待何時？當日頭西斜，人生階段性任務既已完成，奉獻社會數十載後，就可退隱、讓位於後進、享受銀髮歲月，孩子看我退休在家養老，卻仍奔忙於世道，自是無法理解，其實我也自己思索：究竟人生要追尋什麼？又要傳承什麼？當了 30 多年老師，我能教給學生與自己孩子的是什麼？

中華文化道統浩瀚淵博，我不敢奢言如聖賢大儒「為

大學邊上宿舍成排小房子也是色彩繽紛，頗有人生就該盡情盡興精彩活一番的味道。

天地立心，為生民立命，為往聖繼絕學，為萬世開太平」，作個升斗小民、凡夫俗子的匹夫村婦，只能敬謹本分、圖一己之私福壽康泰、喜樂常在，居家敬天法祖、依循「天命」、跟著祖宗學習吧。若要說個大話，就期許承續儒道佛的文化道統，勤耕著華夏文化的心田，在「本心」上用功夫，在「本性」上求收穫。看！門聯上寫著「傳家有道唯存厚，處世無為但率真」，廳堂上，供著祖先牌位，供著天地君親師，供著觀音大士，供著土地公、土地婆，日日提醒著「佛力永扶家安宅吉，祖宗長祐子孝孫賢」、「福德福由德，正神正是神」；藉由禮拜神明，祭祀祖先，敬畏天地，這就是我們世世代代遵循的「做人以誠，做事以勤」，我們所以安身立命的精神依託之所在吧。

在學校給學生寫畢業贈言，我喜歡拿自己的座右銘

與生共勉：一等人忠臣孝子，二件事讀書耕田。印象裡這是紀曉嵐的一副對聯：「一等人忠臣孝子」，忠是「盡己之心」，忠臣就是做個對國家有用的人，不管是農工商都要「正派經營，盡己之心」，孝子則是要做對家庭有責任的人，百善孝為先；「兩件事讀書耕田」，能夠好好讀書、虛心受教、終身學習，必可受用一生，也是一生的享受，耕田就是指認真工作，自立自強、深耕勤耘就能一輩子有飯吃、樂在其中矣。

一等人忠臣孝子，兩件事讀書耕田。人生一世，心正而忠，孝悌為先，剩下的，就是讀書耕田了。這樣的人生有付出、有享受，心安理得、俯仰無愧、自在開懷，若真有缺憾就還諸天地吧。我希望自己退休還有點「剩餘價值」時，還可以做點事幫助人，所以「為人作嫁」寫幾個字兒，能力所及，孩子們就再別計較老媽當傻子了吧。畢竟這也是「盡己之心」哪。自己看自己，心理平衡比較重要，別太在意他人眼光。

好久以前，大學同學曾寄則小故事來與我分享，是個有趣的心理學實驗，我看了頗有感觸。故事是這樣說的：

美國科研人員進行過一項有趣的心理學實驗，名曰

「傷痕實驗」。他們向參與實驗的志願者宣稱,該實驗旨在觀察人們對身體有缺陷的陌生人作何反應,尤其是面部有傷痕的人。

首先,每位志願者都被安排在沒有鏡子的小房間裡,由好萊塢的專業化妝師在其左臉做出一道血肉模糊、怵目驚心的傷痕。

然後,志願者被允許用一面小鏡子照照化妝的效果後,鏡子就被拿走了。關鍵的是最後一步,化妝師表示需要在傷痕表面再塗一層粉末,以防止它被不小心擦掉。

實際上,化妝師用紙巾偷偷抹掉了化妝的痕跡。接著,對此毫不知情的志願者,被派往各醫院的候診室,他們的任務就是觀察人們對其面部傷痕的反應。

規定的觀察時間完畢,返回的志願者竟無一例外地敘述了相同的感受——人們對他們比以往粗魯無理、不友好,而且總是盯著他們的臉看!

可是實際上,他們的臉上與往常並無二致,什麼也沒有不同;他們之所以得出那樣的結論,看來是錯誤的自我認知影響了他們的判斷。

微笑前行
樂齡阿嬤走出來

這真是一個發人深省的實驗！原來，一個人內心怎樣看待自己，在外界就能感受到怎樣的眼光。同時，這個實驗也從側面驗證了一句西方格言：「別人是以你看待自己的方式看待你」，不是嗎？

一個從容的人，感受到的多是平和的眼光；一個自卑的人，感受到的多是歧視的眼光；一個和善的人，感受到的多是友好的眼光；一個叛逆的人，感受到的多是挑剔的眼光……。我們可以說，有什麼樣的內心世界，就會有什麼樣的外界眼光。這實驗推論，與蘇東坡和佛印的小故事頗有異曲同工之妙：看人是佛是屎，就存乎自己的心啊。

如此看來，一個人若是長期抱怨自己的處境冷漠、不公、缺少陽光，那就說明：真正出問題的，正是他自

大學裡的建築古樸的花崗岩典雅厚實又像人生態度的誠謹般，與新校舍融合並存。

己的內心世界,是他對自我的認知出了偏差。這個時候,需要改變的,正是自己的內心;而內心的世界一旦改善,身外的處境必然隨之好轉。畢竟,在這個世界上,只有你自己,才能決定別人看你的眼光。

我就是這麼看、這麼想、這麼自我省察的。就拿「一等人忠臣孝子,兩件事讀書耕田。」當座右銘,人生以此為準則,俯仰無愧,自在開懷,多麼樂活。

阿嬤老師小格言:以「一等人忠臣孝子,兩件事讀書耕田。」為座右銘,俯仰無愧,自在開懷。

奔七生日小感懷

放暑假,你喜歡嗎?學生喜歡放暑假,不用上學,還可以參加夏令營、可以安排吃喝玩樂,或補習充電、做升學準備,自在又快活;老師喜歡放暑假,可以休息喘口氣、可以安排旅遊或進修、做教學準備,安適再出發;只有家長可能為了孩子放暑假而傷透腦筋,得費心安排孩子假期去哪兒、做什麼,勞心勞力勞民又傷財。阿嬤老師當然喜歡過暑假,因為七八月會有大日子到來喔。

向來喜歡依時依令過日子的我,喜歡在春夏秋冬時序流轉中,有期待、有溫度,熱熱鬧鬧的生活模式,有節奏、有滋味地過年過節,過屬於家人摯愛的重要紀念日,那節日氛圍是令人嚮往沉醉,由衷引領企盼的。正巧,暑假中碰上農曆七夕中國情人節,與我身分證上的生日同一天,再加上前兩天的八月八日父親節,於是我就拍板定案,知會孩子:咱們就畢其功於一役,三合一,一併慶祝吧。這一天就是我期待的暑假大日子啦!

天地有情，人間有愛，遇上家人摯愛的大日子，豈可輕忽而過？感謝文忠堇庭與小皮小多幾個孩子們的貼心奔走安排，當天三合一的家聚慶祝會，十分溫馨令人難忘，期待年年有今日、歲歲有今朝。可生日早起，我攬鏡一照，老太太的白髮早已藏不住，老人斑與魚尾紋也日益明顯，算算年歲，我正「奔七」，明年就滿七十啦！七十老嫗，我不由得凜然心驚，老太太該如何自處？自忖雖尚不至於視茫茫、髮蒼蒼、齒牙動搖，但體力確已大不如前，手腳不再迅捷利索，腰腿眼耳偶犯小恙，開車時反應變慢，記憶力也明顯退步，不再是昔日「小電腦」了。不得不承認：我確實漸漸老了！正在步入桑榆暮年的我，不知道上帝還將留給我多少時間？但重要的是，接下來剩餘的時間，我還可以做些什麼？

　　古人說「人生七十古來稀」，現代人卻說「人生七十才開始」，真的，七十要重新起步，必須好好檢視自己，妥善規劃未來，開啟生命的第二春。我曾給自己立下退休三大目標：「健康美麗、學習成長、回饋分享」。退休迄今將近二十年，我一直堅持打太極拳、運動健走；到校兼課、擔任義工；照顧家人、寫作分享；過著規律又充實的認真生活，期望讓自己和周遭的家人、親朋好友，都能感受到生活的自在與生命的美好。

微笑前行
樂齡阿嬤走出來

追求健康、成長與回饋的目標不變，但奔七的心態，確實需要略作調整。

七十人生重新起步，心態上第一步就是要過「減法人生」：調整生活步調，放慢減緩；家務公務工作減量，減壓減負荷；生活圈可以縮小，人際關係逐步檢討，減少無謂的往來應酬，保留三五知己與真心關懷的親朋好友即可。例如為了健康，每日健走運動、每週上太極拳課，有了健康，美麗自然跟著來，時髦的醫美花費就免了。為了維持必要的社會聯繫，一週有三天繼續返校兼課並做義工，保持好奇心與教育熱情，教學相長並回饋學校，但嚼舌根、閒嗑牙、愛攬事、捲入是非就不必了。真正的幸福是回歸家庭、照顧家人，一同享受並分享生活中的酸甜苦辣，點點滴滴都是生命的美好印記。

七十人生再出發，心態上就要「回歸淡泊」：抱持著感恩、惜福、平實、自在的心態，面對人間事，過去曾經繁華燦爛、曾經恩怨情仇、曾經痛徹心扉，現在都已成過去，全部都放下吧！Let it go。能夠平凡、平淡、平實過日子，如常即是幸福。唐代吳融的詩句說：「只此無心便無事，避人何必武陵源？」宋人吳泳也寫道：「避人不必武陵源，蕩有芙蓉溪有蓀。弄水澆花心自遠，何妨酌客兩三尊？」（蕩是淺水湖，蓀是指香草。）確

實，是恬淡、自在的幸福的生活，就在自己身邊不必外求。世外桃源不必要到武陵，我每天在小花圃裡，也是蒔花弄草，澆水掃枯葉，看四時流轉、春去秋來、花開花謝，我不怕花落去，相信明年花更好，因為「落紅不是無情物，化作春泥更護花」。花的凋謝並非表示了花的生命終結，而是更多生命的開始，花掉在地上，將會腐爛，腐爛了的花朵，又成為未開之花的養料，如此生生不息，一如人們的生老病死，生命代代傳衍，成年人撫育幼小、長輩們呵護兒孫，生命之愛永遠在人世間流傳湧動，不曾停歇止息。

奔七的我深切體悟今後該要有「減法人生」，要「回歸淡泊」，將生活步調放緩放慢，多留一些時間與空間，給自己和家人至親好友，就如我很喜歡的唐代李德裕的〈憶平泉，雜詠憶春雨〉詩：「春鳩鳴野樹，細雨入池塘。潭上花微落，溪邊草更長。疏風白鷺起，拂水彩鴛翔。最羨歸飛燕，年年在故鄉。」詩的前六句首聯、頷聯、頸聯，都在描述身邊的春鳩、細雨、水潭、落花、溪草、白鷺與彩鴛，心情平靜細細觀看，天地和諧寧靜，人與萬物在大自然中，一片祥和，那畫面真是美極了！但最扣人心弦的卻是尾聯那兩句：「最羨歸飛燕，年年在故鄉。」人與飛鳥都有故鄉，羨慕春日歸來的飛燕，

年年都能在故鄉。詩人李德裕也只能藉著「羨慕歸飛燕」，來表達自己思念至親、想念故鄉了。

天地有大美，人間有摯愛。為了能與所愛的人攜手共賞天地大美，從現在起，我要放慢腳步，調整步伐，祈願日日健康平安，歲歲年年穩健康泰，大家未來還要再攜手三十年喲！

阿嬤老師小格言：我的生活三大目標是：「健康美麗、學習成長、回饋分享」。你的生活目標是什麼？

紫雲衍派到底是哪一派？黃氏探源

太武山前榮湖畔的兩個黃氏村落，前水頭與後浦頭，這是從咱們後浦頭祠堂往前眺望太武山與榮湖勝景。

「紫氣蒸騰和風暢，雲霞壯麗瑞靄欣」，咱們金門後浦頭老家整個村子，家家戶戶屋宇外牆頂上都鐫刻著「紫雲衍派」四個大字，正廳門口兩側對聯也常見鑲有「紫雲」的對聯，「紫氣蒸騰和風暢，雲霞壯麗瑞靄欣」正是其中之一。究竟「紫雲衍派」是哪一門？哪一派？

作為黃家媳婦，我自訂的媳婦守則裡就認知到：一定要熟諳家族歷史掌故，融入家族，認同家族。所以，認識黃家，就從「紫雲衍派」黃氏探源，作氏族的尋根開始吧。

阿嬤老師說什麼

黃家：瀛姓黃氏是黃帝後裔

黃氏是中國古老姓氏之一，百家姓排名第八，是黃帝軒轅氏的後裔炎黃子孫，其源起可溯源自遠古帝舜時代。宋朝鄭樵《通志‧氏族略》記載：「黃氏，瀛姓，受封於黃，今光州定城西十二里有黃國（今河南潢川）。後為楚所滅，子孫以國為氏。」因此，我們黃氏是炎黃子孫，無庸置疑。

漢代史家司馬遷的《史記》書中，把黃帝、顓頊、帝嚳、堯、舜，五人合稱「五帝」。據傳說，黃帝活到一百五十二歲。那年，他離開首都，到橋山這個地方鑄鼎，鼎是一種巨大的鍋子，等到大鼎鑄成時，天忽然開了，降下一條黃龍，載著黃帝與他的隨從昇天去了。後來的人把黃帝留下來的衣服埋在橋山之下，就是現在陝西省黃陵縣的黃帝衣冠塚。

繼黃帝當天子的是少昊，黃帝的兒子。少昊逝世，他的姪兒顓頊繼位，是五帝的第二位。顓頊似乎不太關心民間疾苦，因為我們在史書中，還找不到他關心百姓的事實，但根據傳說，他又很注重「禮法」。顓頊逝世，他的姪兒高辛繼位，就是帝嚳，五帝的第三位。帝嚳把國家治理得很好，他瞭解百姓的需求，為人們解決問題，

很受天下人民愛戴。帝嚳生了后稷、契、堯、摯等四個兒子，摯和堯直接繼承天子之位，堯是五帝的第四位，而契和后稷則分別是商朝與周朝的始祖。舜是顓頊的七世孫，孝順又勤政愛民，堯禪讓與他，是五帝的第五位。堯舜都是聖主賢君。

黃帝、顓頊、帝嚳、唐堯、虞舜是上古傳說的「五帝」，在帝舜時代，東夷部落首領伯益，是「帝顓頊之苗裔」（顓頊是黃帝軒轅氏的孫子，而伯益是顓頊的後裔），被帝舜賜姓嬴姓；伯益的後裔有十四支，即徐氏、郯氏、莒氏、終黎氏、運奄氏、菟氏、將梁氏、黃氏、江氏、修魚氏、白冥氏、蜚廉氏、秦氏、趙氏，合稱十四氏，其中的黃氏在潢川建立黃國，因此，黃氏都尊伯益為始祖。

遷徙：從中原到閩南

黃氏在河南潢川建立黃國，是帝舜時代伯益的後裔，經過夏商周三代，到了東周戰國時期，黃姓族史上出了一個重要人物——黃歇，他是黃國貴族的後代，仕楚，任楚相，被封為春申君，是著名的「戰國四君子」之一。春申君的封地最早在潢川，後來改封於吳，黃歇遇難之後，子孫就遷到了江夏。因此江夏郡（今湖北武漢一帶）

一直是黃氏的發展繁衍中心，黃氏族人也就以「江夏」為郡號。

從河南潢川遷移到湖北江夏，黃姓族人定居在河南、湖北一帶有很長時間，後來何以南遷？根據《閩書》記載：「永嘉二年，中原震盪，衣冠入閩者八族」，八族其中就有黃氏。永嘉之亂發生在公元311年，即永嘉五年，匈奴攻陷洛陽、擄走晉懷帝。因此晉朝永嘉之亂，因為戰亂，黃姓入閩避禍，黃氏入居福建，就始於晉代，1700年前。

黃氏族譜記載，晉朝時河南光州固始有個黃舜夫，其子黃道隆，避亂由光州入閩，初居仙遊，後居泉州。不久，北方稍為安定，黃道隆又回光州，後來再動亂，他的孫子黃元方就與大批遊民入閩，居於福州烏石山，即今之黃巷。黃元方就是開閩黃氏始祖，曾任晉安太守。

袈裟傳奇：紫雲蓋頂、桑樹獻瑞

黃元方七傳至黃守恭，由福州遷居泉州，已經是唐朝了。泉州黃守恭是地方巨富，名聞遐邇，人稱黃長者，一生樂善好施。黃守恭最著名的故事就是獻桑園宅建開元寺，亦即「紫雲衍派」的由來。

《泉州府志》、《開元寺志》、《晉江縣誌》與《八閩通志》都有記載：「黃守恭舍桑園建寺」。唐高宗垂拱二年（西元 686 年）泉州州民黃守恭富甲一方，桑園周圍有七華里。當時有高僧匡護，俗姓丘，常來傳播佛教，屢次登門乞求獻地建寺，匡護說：「老衲所求不多也不少，一件袈裟大小足矣。」

黃守恭心想：「禪師師莫非戲言，一袈裟地如何建寺院？」就先應允了。結果，匡護禪師解下身上袈裟，向空中一拋，袈裟不偏不倚正好把天上日頭全罩住，地上現出了一大片袈裟影子，方圓足足把黃守恭的田園廬舍全都罩在袈裟影內。

黃守恭不好反悔，於是推辭說：「待桑樹生蓮花乃可耳。」匡護喜謝，忽然就失去蹤影。過二日，黃守恭的桑園裡桑樹竟然盡生蓮花！桑樹生白蓮的神蹟，讓黃守恭就此舍園建寺，建大悲閣及正殿，賜額「蓮花寺」，並請匡護擔任住持。又在建殿時，嘗有紫雲覆頂，故又名「紫雲寺」。到唐玄宗時，更名「開元寺」，沿用至今。因「桑樹獻瑞」與「紫雲蓋頂」的祥瑞之兆，黃守恭捐地建寺，傳為美談。

紫雲衍派：五子分五安

黃守恭獻宅建寺後，事業更加興旺發達，家族興旺，為子孫後代長遠發展計，若要子孫世世繁盛熾昌，應該鼓勵他們分頭發展，隨處開基立業，不可株守泉城，吃祖宗現成飯。

於是黃守恭召集五個兒子：黃經、黃紀、黃綱、黃綸、黃緯，說明用意，讓他們遷居到同安、惠安、安溪、南安、詔安等地，長子黃經居南安，次子黃紀居惠安，三子黃綱居安溪，四子黃綸居同安，五子黃緯居詔安，故有「五子分五安」之說，稱為「五安黃」。

為讓子孫開拓發展，黃守恭遣五子分居五安時，作了一首「示兒詩」以便後代子孫認親：

「駿馬登程往異方，任從隨處立綱常。汝居外境猶吾境，身在他鄉即故鄉。朝夕勿忘親命語，晨昏須薦祖宗香。蒼天有眼長垂祐，庇我兒孫總熾昌。」

唐朝迄今，歷經1300餘年，如今紫雲後裔播遷閩、浙、贛、粵、港、澳、台多地，並僑居海外星、馬、泰、菲、印尼、汶來、紐澳、歐美等地，開枝發葉，瓜瓞綿長。紫雲黃氏子孫歷代科第聯芳，管纓顯宦、名賢博士、商賈富豪，人才輩出，遍及海內外，每當回鄉尋根認祖，

大家見面時總要念出「認祖詩」，以此詩作為認祖聯親的憑據，也成為宗親尋根特有禮俗。

我們后浦頭黃家，是來自同安黃綸公的後裔，大約在 600 年前明朝時期，由福建同安來到金門，我們「奕」字輩正是遷徙金門的廷講公第十九世孫。現今在金門的后水頭、后浦頭、前水頭、西園、官澳、東店、英坑等村子，都是「紫雲五安」黃氏子孫。「五安黃」都是黃守恭後裔，源於紫雲籠罩之瑞，故「五安黃」黃氏都自稱「紫雲衍派」。

現在我們到泉州參觀開元寺，猶可見老態龍鍾的古桑，大可合抱，樹頭主幹已裂為三叉，古幹龍盤，被視為珍貴文物保存著，開元寺殿中有匡護禪師坐像奉祀著，檀樾祠裡也祭祀著捐地建寺的黃守恭，那即是黃氏「紫雲衍派」的源起。你問我是誰？我就是金門后浦頭「紫雲衍派」黃家的媳婦兒呀。

阿嬤老師小格言：瓜有藤，樹有根，飲水要思源。問問我是誰？尋根探源，我的父祖、先人、祖祖輩輩從何而來？我的家族代代相承，傳承的是什麼？

微笑前行
樂齡阿嬤走出來

走出去！不見不散，青春不老

周而復始的日常生活，雖然規律固定而踏實，但也總有枯燥乏味時，你厭煩嗎？疲累嗎？來，給自己安排個行程，出門走走吧。走出去！到外地旅行既可散心，紓壓解憂，又可怡情養性，增廣見聞，何樂不為？所以，每間隔一段時日，我就愛和老友相約出門去，不見不散，好讓歲月留駐，青春不老！

出門走走，有益身心。邀請老同事、好朋友到咱的故鄉金門一遊，是先生和我允諾多年，且計畫許久的事；很幸運的，天公作美，我們一行人在康芮颱風肆虐，風強雨驟的翌日（11/1）終於成行，分別從台中、高雄、花蓮、新竹、桃園到台北松山機場會合，班機穿雲破霧，迎向麗日，安全飛抵尚義機場，大家歡喜展開期待已久的金門三日遊。

大夥兒來到金門，可以看些什麼？第一便是「閩南文化」。金門雖僅是沿海蕞爾小島，但文化昌盛，有「海濱鄒魯」美譽，因宋代朱熹任同安主簿時（1153年），

曾多次到金門視導、講學（金門有朱子祠、燕南書院），影響金門文風甚大，因此金門文風鼎盛，人文薈萃，可說是展示儒家思想與中原文化的一個小櫥窗。我在水頭黃氏家廟的窗楣上就看到：「春申遺風，東觀流徽」（註1）；在水頭民宿大門上則寫著：「程箴、朱訓」。金門的文化古蹟、宗族文化、閩式建築……處處值得駐足，細探深究。所以此行我們一下飛機就直奔山后「民俗文化村」，王家十八支樑，用心瀏覽這閩式古厝建築群背後的故事及其意涵用心。它和我們后浦頭自家新建近十年的洋樓「思源第，家族故事館」，有異曲同工之妙，均可仔細探個究竟，深入了解閩南文化的精隨，歷史、文化與生活。我們也安排夜遊金城小鎮，走訪明遺老街、清鎮總兵署、邱良功母旌節牌坊等等，一窺先民在金門生活的真相與變遷。

　　到金門第二要看的是「僑鄉文化」。金門自古即是僑鄉，從明清以來，因戰亂、因貧困而「落番」（註2）者眾，但落番是條血淚斑斑的艱辛路，俗諺「六亡三在一回頭」，就是悲愴而哀嘆的明證，讓後人在金門特有的僑匯（匯款回家鄉）、僑批（寄信回家鄉）和「番屏」（異邦）吃食、物件、用語之外，再駐足留心觀覽，金門別有風味的一幢幢「番仔樓」（洋樓），絕美的景

觀、華洋融合的建築、加上引人慨嘆的生命故事，更會令人興起無限懷想與感慨，浩歎低迴不已。是以這次金門行我們去過金門第一洋樓「陳景蘭洋樓」，也到住宿的水頭古厝民宿旁，參訪「得月樓」與「金水國小」等知名洋樓，金門人說：「有水頭富，無水頭厝」，意即：人們可以如水頭人一般富有，但不一定能蓋出和水頭人一樣精緻華麗的屋宇。水頭聚落的古厝與洋樓，都是金門極具特色的百年精緻建築，每幢洋樓與古厝都很有故事，在在令人留連忘返，低吟沉思不已。

到金門第三要看的則是「戰地文化」。金門雖地處海隅，但因戰略地位重要，從明鄭、清季到日據時期、國共內戰，皆無法置身事外、脫離戰火風暴。尤其是近百年來，金門人的命運真與中華民國緊緊相繫，無役不與，令人倍覺辛酸。在瓊林民防地下戰鬥坑道裡，我看到一張瓊林「戰鬥村」防禦工事海報，記載著：

* 1915 民眾自發組成民防團，在金僑協助下，共同維持地方安寧。

* 1925 汶沙、陽田等五保組織保董公會，並自海外募款支應經費。

* 1935 新加坡金僑主導設立聯防辦事處，自安岐到

西園沿海修碉堡，金城、上坑、瓊林各鄉自購槍枝輪流守望。

* 1936 金門縣政府成立縣社訓總部，進行壯丁編訓工作，瓊林成員亦接受政府統一編組訓練。

* 1937 日本佔領金門（日本手時代），實施保甲制度，瓊林屬瓊林聯保：男性年滿18納編組成壯丁隊，負責村落巡更、參與公共工程施作、開闢機場、修建道路；地區設有分駐所，海岸有巡邏據點。

* 1946 金門縣成立民眾自衛隊，維持治安，但仍遭海盜洗劫，損失慘重，其後福建保安司令部令各縣購置槍械自衛。

* 1949 大陸棄守，自衛隊隨之解散。

* 1949 古寧頭戰役，爆發於1949年十月二十五日至二十七日，戰役前守軍已開始動員民眾協助構築工事、搬運軍需糧秣；戰役中，莊丁則搬運彈藥、搶救傷患；戰役後，協助清理戰場。此戰役是國共內戰後之金門保衛戰，影響至鉅。

* 1949 同年11月撤銷縣政府，改行軍管區制，各村由金防部派駐軍職人員兼任村指導員，民防體

制進入軍事性民防階段,稱之金門民眾任務隊,是為民防體系之雛型。

* 1951 金門民眾任務隊改稱:金門民眾反共自衛總隊,次年再更名為:民防總隊。

* 1952 金門縣設置金門民防指揮部,由縣長兼任指揮官,下設民防總隊,總隊長由軍事科長兼任。總隊下設大隊、中隊,各村指導員為中隊長,並編列步槍、運輸、擔架、搶修等分隊與直屬班(婦女中隊、防毒班、技工分隊),民防隊與各級組織已相互結合。

* 1954 九三砲戰,爆發於 1954 年九月三日,金門遭砲擊,是 1949 年古寧頭戰役後國共之間最大的砲戰,又稱第一次臺海危機。同年,民防總隊,更名金門縣民防總隊,確立由縣長兼任民防總隊長。

* 1956 為適應戰地需要,統一戰地政務指揮,金門馬祖劃為戰地政務實驗區,金門成立金門防衛司令部政務委員會,金門進入戰地政務時期。

* 1957 國防部頒布金門民防組織正式定名:金門縣民防總隊,瓊林村編為金湖大隊瓊林中隊,並設

立防護、軍勤、船舶、醫護、婦女、預備隊等，徹底落實全民皆兵。

* 1958八二三戰役，爆發於1958年八月二十三日，是為第二次臺海危機。當年元旦，金門縣民防總隊正式成立。

* 1960六一七砲戰，發生於1960年六月十七日至十九日，時任美國總統艾森豪訪問中華民國，中共以「歡迎」和「相送」為名，對金門地區各島嶼全面砲擊以示抗議。這是自八二三炮戰後金門遭受解放軍砲兵砲擊最慘重的一次砲戰。

* 1968金門全島建立戰鬥村。

* 1973金門縣民防總隊改為：金門縣民眾自衛總隊。

* 1992金門戰地政務解除，瓊林戰鬥村隨之撤銷，民防編制自此走入歷史。

走訪金門戰地遺跡，此行帶著夥伴們從馬山觀測所、馬山播音站，到獅山砲陣地、看砲操演練；再到大膽島，半日徒步走遍大膽各要塞與景點；然後進擎天廳、到太武山健行、看毋忘在莒勒石；還到過八二三戰史館、北山指揮所砲擊遺址，參觀莒光樓七十特展，並深入翟山

坑道,瓊林民防地下戰鬥坑道,體會昔日戰鬥戰略部署與血戰艱辛。有些地方我已去過多次,有些則是初體驗、新感受,尤其我身為軍眷、做為金門媳婦,看這戰地文化觸景生情、內心澎湃,更是激動又有感。

想要增廣見聞,想要聯繫老友情誼,又維持生命的活力,那就「走出去」吧!轉換場景,轉換思維,保證青春不老!金門此行,能與老友同遊,走出去,再次探索這孤懸外海島嶼之神奇,想到千百年來,先人的艱辛歲月,土地貧瘠、戰亂頻仍,仍以詩禮傳家、力保文化之傳承,百年來的前線戰地,歷經多次大小炮戰,千瘡百孔,卻都忠藎奮勇為國延續命脈,犧牲無數,可歌可泣;而落番闖蕩南洋者,隻身在外奮鬥,立業後不忘回饋鄉土,在烽火遍野中,依然不忘本!這些金門傳奇,是說不完的生命故事,來過還想再來,意猶未盡,下回一定要再來!

註1:春申遺風,春申君黃歇,官至楚令尹,為戰國四公子之一。東觀流徽,東觀是東漢皇家藏書樓,在洛陽南宮,也是修史、著述之地。流徽原為琴之別稱,後指流傳的好名聲。程箴、朱訓,指的是程頤、程顥與朱熹的箴言、訓誨。

註2:落番,是閩南話,下南洋之意。六亡三在一回頭,指落番出洋之後,可能十人有六命喪異邦,十人有三倖而能在他鄉存活,僅十人有一得以衣錦還鄉,返回故里。

阿嬤老師小格言：出門走走，是必要的。出門前，淨空自己；出門時，飽覽山水、人文與歷史；回家時，反芻深思，意猶未盡，青春不老。

國家圖書館出版品預行編目資料

微笑前行——樂齡阿嬤走出來 / 王素真 著
--初版-- 臺北市：博客思出版事業網：2025.05
　　　面；　公分. -- (現代散文；26)
ISBN：978-626-7607-12-1(平裝)

863.55　　　　　　　　　　　　　　114004020

現代散文 26

微笑前行——樂齡阿嬤走出來

作　　者：王素真
編　　輯：楊容容、沈彥伶、古佳雯、張加君、塗宇樵
美　　編：塗宇樵
封面設計：塗宇樵
出　　版：博客思出版事業網
地　　址：臺北市中正區重慶南路1段121號8樓之14
電　　話：(02) 2331-1675 或 (02) 2331-1691
傳　　真：(02) 2382-6225
E‐MAIL：books5w@gmail.com或books5w@yahoo.com.tw
網路書店：http://5w.com.tw/
　　　　　https://shopee.tw/books5w
　　　　　博客來網路書店、博客思網路書店
　　　　　三民書局、金石堂書店
經　　銷：聯合發行股份有限公司
電　　話：(02) 2917-8022　　傳真：(02) 2915-7212
劃撥戶名：蘭臺出版社　　　　帳號：18995335
香港代理：香港聯合零售有限公司
電　　話：(852) 2150-2100　　傳真：(852) 2356-0735
出版日期：2025年5月 初版
定　　價：新臺幣280元整（平裝）
ISBN：978-626-7607-12-1

版權所有‧翻印必究